W9-AXE-342

Où es-tu ?

你在哪里？

[法]马克·李维（Marc Levy）——著

章文——译

 湖南文艺出版社
HUNAN LITERATURE AND ART PUBLISHING HOUSE

博集天卷
CS-BOOKY

Laffont/Susanna Lea Associates

谨以此书献给路易和 M.

生活中，只有爱和友谊才能帮助我们超越孤独。幸福并非一种人人都能享有的权利，而是一种每天都要面对的斗争。但如果有一天它真的来临，请一定要记得好好体味。

——奥逊·威尔斯

目 录

楔子 / 1

Chapter 1
分隔两地 / 5

　　扉页上，放着一张黑白的老照片，上面有一对两岁左右的小孩子，一个男孩，一个女孩，他们面对面地站着，手放在对方的肩膀上。

Chapter 2
灾难中的国度 / 19

　　有的时候，他正给苏珊写信，她的信就来了；有的时候，他还没来得及问苏珊一些问题，她就已经在信里给出了回答。

Chapter 3
悲伤的春天 / 63

　　苏珊眼睁睁地看着卡车在她面前滚下了悬崖，摔进了不知深度几何的山谷里。在悬崖边的时候，车头还曾垂死挣扎过，车前的两个大灯射向天空，但最终还是没入了深谷。

Chapter 4
我们都寂寞 / 95

　　"我想，你很爱这个男人，他让你感到一种难言的忧伤。"

Chapter 5

苏珊的选择 / 121

> 苏珊小心地折起了那封信，把它放到了衬衣贴身的口袋里。
> 她抬头看向天空，紧抿的嘴唇有些发白。

Chapter 6

初识 / 139

> 那是玛丽第一次看到她。她带着她的红色气球，在清晨昏暗
> 的光线下，时光仿佛都静止了。

Chapter 7

戒备 / 147

> 他还是能感觉到，他们四个人渐渐分成了两个阵营，一边是
> 他和丽莎，一边是玛丽和托马斯。

Chapter 8

玛丽的决心 / 197

> "因为这个女孩子是我的女儿！"玛丽声音坚定地说。

Chapter 9

在飓风研究中心 / 217

> 丽莎什么话都没有说，只是不时向微笑着的玛丽投去感
> 激的目光。

Chapter 10

重逢 / 245

> "'最后一次登机机会'，你还记得吗？"

致谢 / 271

楔
子

　　它出生于 1974 年 9 月 14 日的早上 8 点，在北纬 15 度 30 分、西经 65 度，洪都拉斯海岸线附近的一座热带小岛。实际上，它的呱呱坠地并未引起任何人的注意，因为在当年的出生名单上，它已经排在第 734 号了。在其生命的最初两天里，它默默无闻地生长着，各项生命指标都还算正常，不会有人因为这种事情而多看它一眼。和所有的新生儿一样，它并未享受到什么特殊的待遇：唯一可说的就是每隔 6 小时，就会有人按例行规范观测它，并把实时情况记录下来。但是，两天之后，也就是 1974 年 9 月 16 日的下午 2 点，一切都改变了。针对它的分析结果引起了一组瓜特罗普的科学家的关注：它的成长速度似乎已经远远超出了正常的标准。当天傍晚，他们的负责人实在无法压抑住心中的担忧，只好联系了在美国的同事。似乎有什么大事要发生了，这个"婴儿"的发育状况足以引起全人类的重视。它是热与冷两股力量的结晶，它可怕的"个性"也正逐步得以显现。4 月的时候，它曾经有过一个叫"伊莲娜"的姐姐，但只存活了 11 天就夭折了，并没能展现出什么破坏力；但是它却表现出了令人恐惧的生命力，用一种惊人的速度生长着。在它出生后第三天的夜里，它就开始试着四处施展拳脚。它疯狂地旋转着，没有人知道它将会把这股令人惊惧的力量带向何方。

17 日凌晨 2 点，监测中心的荧光灯管忽明忽暗，负责观测它的于克教授站在一张铺满类似心电图图表的桌子前，决定立即给它起一个名字，似乎只要给了它一个称谓，就能驱赶它即将为人类带来的厄运。鉴于它迅猛的成长态势，它似乎不太可能会安分地待在它的出生地。按照通行的命名规则，它的名字很快就选好了：法夫。它于 1974 年 9 月 17 日早上 8 点进入人类的历史，即时风速已经超过了 120 公里/时。按照国际通行的萨菲尔－辛普森飓风等级，位于皮特尔角城的飓风监测中心（CDO）和建在迈阿密的美国国家飓风研究中心（NHC）将"法夫"划入一级飓风的行列。在接下来的几天里，它又迅速地更换了等级，变成了二级飓风，成长的速度足以让所有观测它的研究人员感到惊恐。17 日下午 2 点，"法夫"的风速已达 138 公里/时，又在当天傍晚逼近 150 公里 / 时的界限。然而，更让人不安的是它的位置变化：它的地理坐标已经迅速移至北纬 16 度 30 分，西经 81 度 70 分。一时间，沿岸地区的飓风警报都升至最高等级。18 日凌晨 2 点，"法夫"抵达洪都拉斯的海岸线，几乎荡平了这个国家北部沿海地区，而它当时的风速是 240 公里 / 时。

Chapter 1

分隔两地

扉页上，放着一张黑白的老照片，上面有一对两岁左右的小孩子，一个男孩，一个女孩，他们面对面地站着，手放在对方的肩膀上。

你在哪里
Où es-tu

　　纽约纽瓦克国际机场。计程车在人行通道旁边缓缓停下，随后又迅速地汇入机场航站楼周边汹涌的车潮中——这期间，从车上下来了一个女人，她目送着车辆重新发动，渐行渐远。在她脚下，放着一个巨大的绿色背包，看起来似乎比它的女主人还要重。她把背包提了起来，努力背到了肩上，脸上那精彩的表情让人觉得她连五官都在用力。她穿过了通往一号航站楼的自动门，缓步走过机场大厅，又下了几级台阶。在她的右侧，有一个通往上层的旋转楼梯。虽然她的肩膀已经有些不堪重负，可她还是以坚定的步伐走上了楼梯，沿着前方的走廊一直向前。最后，她停在了一个玻璃窗的前面，定定地向里面看着：那是一家酒吧，里面充斥着橙黄色的光线。福米卡*材质的吧台前，坐着几个男人，正盯着头上电视里播放的体育比赛，他们一边喝着杯中的啤酒，

---

*　编者注：一种塑料材质的家具贴面。

一边大声地评论当前的比分。她终于推开了酒吧那两扇上带圆形窥视孔的厚重木门，走了进去，视线在那些红红绿绿的桌子间来回梭巡。

她还是看到他了，他坐在里侧一个靠窗的位置，那儿可以俯瞰机场停机坪的全景。桌上搁着一份折起来的报纸，公文包被放在了右手旁，而他的左手正握着一支铅笔，在餐巾纸上画着某个人的肖像。

窗下，许多飞机正在地面滑行，寻找起飞的规定位置。虽然她还看不到他的眼睛，但在飞机跑道黄色标志线的强烈反光中，她似乎觉得他的目光并没有焦点。她犹豫着，从右侧以一个不易被察觉的路线向他走去。她绕过了那台嗡嗡作响的冷饮柜，尽量放轻自己的脚步。靠近桌边之后，她把手放在了那个正在等待的年轻男人的头发上，轻轻地把他的发型揉乱。他左手边那张蜂巢状的餐巾纸上赫然是她的肖像。

"我让你等了很久吗？"她问道。

"没有，你到得还算准时。不过从现在开始，我好像就要开始真正的等待了。"

"你在这儿已经待了很长时间？"

"我也不知道，我根本没注意。你今天看起来真漂亮！快坐下吧。"

她笑了起来，看了看手表。

"我的航班一个小时后就要起飞了。"

"那看来我是得做点什么，好让你误机。不对，让你永远也赶不上飞机才好。"

"你要是真这样做，我两分钟之后就离开这儿去登机。"

"好吧，你别介意，我就是随便说说的。我给你带了点东西。"

他拿出了一个黑色的塑胶袋，用手指把它推到了女人的面前。女人歪了歪头，这是她在表示不解时的常见动作，似乎在问同伴"这是什么"。而后者显然熟知她脸上的每一种表情，他并没有回答，只是用眼神示意她："打开它，你就知道了。"女人打开了袋子，里面是一本相册。

男人开始翻阅这本相册。扉页上，放着一张黑白的老照片，上面有一对两岁左右的小孩子，一个男孩，一个女孩，他们面对面地站着，手放在对方的肩膀上。

"这是我能找到的咱们俩之间最老的照片了。"他说。

他又翻到了下一页，继续评论道：

"这是你，这是我，照片拍的好像是那一年的圣诞节。那个时候，我们还不到 10 岁。应该就是在这一年，我把我受洗时得到的圣牌送给你了吧。"

苏珊把手伸进了衣领里，拉出了一条细细的链子，穿着一个雕有圣特蕾莎头像的吊坠。十几年了，这条项链从来没有离开过她。他们又一起翻了几页相册，苏珊指着其中的两张照片说道：

"这张是我们 13 岁的时候，在你父母的花园里，我吻了你。那是我们的初吻。当时我还试图把舌头伸进你的嘴里，结果你倒跟我说：'你可真恶心。'这张应该是两年之后拍的，那个时候轮到我觉得恶心了，因为你说要跟我一起睡觉。"

菲利普并没有回答她，只是翻到了下一页，开始评论另一张照片：

"这应该是又一年过去了吧。我可是记得，在这个时候，你已经不觉得这件事情恶心了。"

这本相册的每一页似乎都承载着他们童年时的一段回忆。她突然制止住了他翻阅的手。

"你贴的这些照片里好像漏掉了6个月。怎么没有我父母的葬礼？说实话，在你出现在他们葬礼上的时候，我觉得你特别性感，比其他任何时候都要性感。"

"苏珊，不要讲这种愚蠢的笑话！"

"我没有开玩笑。葬礼上，我第一次觉得你的确比我强大，那让我觉得很安心。你知道吗？我永远不会忘记这种感受的……"

"不要再说这个了……"

"葬礼前的那个晚上，好像是你帮我妈找到了她的结婚戒指……"

"我们能换个话题吗？"

"我倒觉得是你总是在提醒我他们已经走了。每年临近他们忌日的时候，你都会表现得特别周到、细致、耐心。"

"别再说了，我们还是看看别的照片吧。"

"好吧，你就继续往下看吧，似乎每翻一页我们就会老上几岁。"

他定定地看着苏珊，目光中似乎有什么模糊不清的东西。苏珊给了他一个大大的微笑：

"其实我也知道，让你来机场送我，似乎是个蛮自私的举动。"

"苏珊，你为什么要这样做？"

"因为只有这样做了，才能让我实现梦想。菲利普，我不愿像我的父母一样死去。他们一辈子都在忙着支付各种账单，最后又有什么结果？还不是坐在一辆刚买的小汽车上，被一棵突然出现的树结束了生命。他们的消失又换来了什么？不过就是晚间新闻里的两秒钟。我坐在他们新买的电视前，看到了这则消息，而那个时候，甚至连电视的尾款都还没付完。菲利普，我不想评价他们的人生，可我想要去追求一些别的东西，能让我真正感觉到自己的确存在过的东西。"

菲利普看着她，突然有些茫然，又不由得感叹于她的决心。自从父母出事之后，苏珊就好像变了一个人，她似乎完全忘记了那些自由明媚、肆意洒脱的少年时光。现在的苏珊，只要不笑，别人根本看不出她其实才 21 岁，就连菲利普也常常会忘记她的真实年龄。苏珊刚完成了她在社区大学的学业，拿了一个文学副学士的学位，就加入了"美国和平护卫队"。这是个人道主义组织，每年都会派遣年轻人去国外从事救援工作。

还有不到一个小时，她就要去洪都拉斯了，一离开就是两年之久。那是个离纽约有几千公里的地方，对他来说就好像是世界的尽头。

                    ❧

洪都拉斯。

不管是在卡斯蒂利亚港还是在科尔特斯港，那些本打算在沙滩上露天睡个好觉的人不得不放弃了这个计划。傍晚时，海上突然起风了，风势从一开始就颇为猛烈。当然，在这个国家，这种热带风暴不是第一次，也不会是最后一次，整个国度都已经习惯这个季节的频繁降水。这天，日落的时间也比平时早了一些，海鸟们挥动着翅膀快速离开了栖息地，一切似乎都是不祥之兆。濒临午夜时，海滩上的细沙都被风卷了起来，在离地面几厘米的地方形成一个个小的龙卷风。海浪开始翻涌，人们互相呼唤，并开始加固已停泊船只的缆绳。后来，风浪声越来越大，竟然连这些呼喊声都听不到了。

昏暗的天空中，不时有闪电划过，海面上涌起越来越多的泡沫，岸边的浮桥也开始危险地抖动起来。在海浪的冲击之下，不断有舰艇撞在一起，彼此的船舷发出了刺耳的摩擦声。凌晨 2 点 15 分，船身长达 35 米的货轮"圣·安德烈"号在航行过程中触礁，左侧翼完全断裂，8 分钟之内便已沉入海底；同一时间，在拉塞瓦的艾尔·格拉森那小小的机场上，一架停在停机仓外的银色 DC-3 甫一飞离地面，就立刻又落在了起飞跑道上——事实上，飞机里面并没有飞行员。它的两个螺旋桨都已被大风吹至变形，尾翼也已断成两截。几分钟以后，一辆油罐车侧翻在地，并开始向前滑动，同地面摩擦导致的火星引燃了整辆车。

凌晨 3 点，在伦皮拉港，一个高达 9 米的巨浪破堤而出，卷裹着成吨的土石冲进了港口，撕碎了与它遭遇的一切事物。港口的吊车已经被风吹弯，吊臂落在了"里约普兰托诺"号货轮的甲板上，这艘装满集装箱的巨轮立时被击得粉碎，卷入了无边的海浪中。它的船头还在海面上盘旋了一阵，甚至还被连续的两个大浪送入了高空，但稍后

又被吞入了海底，再也没有出现。在这个年降水量高达 3000 毫米的
地区，居民们已经习惯了大雨，他们中的有些人也已经成功逃过了飓
风"法夫"的第一波攻击，试图向灾难庇护所撤离，但突然暴涨的河
流立刻吞噬了他们：这些河流在深夜中醒来，离开了它们的河床，卷
走了周围的一切。河谷中一切人类居住的痕迹都消失了，不论房屋还
是田地，都被淹没在了无可抵挡的洪流里。在那片无边无际的水里，
有被冲断的树木，有断裂的桥梁，有路基，还有建房的砖石。在利蒙
地区，阿马帕拉、彼德拉布兰卡、皮斯古昂波格朗格兰德、拉吉古阿、
卡皮罗等山的山坡处原本都建有村落，现在都随着滑坡的山体一并落
入了山谷内的洪流中。还有少数幸存者紧紧地抱着树枝，一刻也不敢
放松，却最终因为精疲力竭而落入水中。另一边，凌晨 2 点 25 分，
第三波海浪冲击了一个名为"亚特兰蒂斯"的地区，这个地名似乎就
已经预示了它的命运：这里的海岸线迎来了高约 11 米的巨浪。成千
上万吨的海水灌入了拉塞瓦和特拉，在城市街巷中冲开了一条血路，
那些狭窄的街道并没能阻止奔涌的水流，而是让它们的力量更加惊人。
水边的房屋是最先倒下的，甚至连地基都被连根拔起。那些由瓦片覆
盖的房顶先是被吹上天空，接着被狠狠地插入地上，把很多忙于逃命
的幸存者都砸成两段。

菲利普的目光滑到了苏珊的胸部，它们的形状饱满而又美好，足以令人遐想。苏珊注意到了他的目光，就解开了衬衣最上方的纽扣，把那个镶金的圣牌拿了出来。

"你看，我不会有事的。我会一直戴着你的幸运符。它已经救过我一次了，就是因为它，我才没有和爸妈一同开车出去。"

"苏珊，这些话你已经和我重复过上百遍了。坐飞机前不要说这种话，好吗？"

"不管怎么样，"苏珊又把项链放入衬衫里，"只要戴着它我就不会有事的。"

这个挂在颈上的圣牌是一个信物。一年夏天，他们希望可以成为真正有血缘关系的兄妹。为了实现这个目标，他们做了很多深入的研究。课间的时候，二人一同翻阅了一些从图书馆借来的有关印第安魔法的书籍，并从中得出一个结论：必须交换血液，所以要先割破自己的肌肤。苏珊偷偷拿到了她父亲放在书桌抽屉里的猎刀，和菲利普一起躲在他的小房间里想要把这个计划付诸实施。菲利普勇敢地伸出了手指，闭上了眼睛，但每当猎刀靠近时他就会感受到一阵晕眩。苏珊对此似乎也颇有些心理障碍，所以他们又开始钻研阿帕切人那些神奇的典籍，从中找出了另一个解决方法："献祭出一件圣物，就可以永远地联结两个灵魂。"其中一本经书的第 236 页如是说。

他们查阅了字典，确认了"献祭"这个词的含义，然后就立时觉得第二种方法要比前一个好得多，并且达成了立即实施的共识。在那个神圣的祭典上，他们庄重地诵读了易洛魁人和苏人的诗篇，菲利普把他受洗时所戴的圣牌挂上了苏珊的脖颈。自那以后，苏珊再也没有取下过，虽然她的妈妈经常强迫她在睡觉前把项链取下，她也没有屈服过。

苏珊笑了起来，胸脯也随着她的笑声一起一伏：

"你可以帮我拿下包吗？它至少得有一吨重！我想去换个衣服，不然飞机落地后我就得被热晕过去了。"

"你身上只穿了一件衬衫！"

可是苏珊已经站起身来，抓住了菲利普的手臂，并举手示意酒保给他们留着这张桌子。酒保点了下头，表示他同意了，毕竟酒吧里几乎也没有其他人。菲利普把包靠在了洗手间的门上，苏珊转身看着他：

"你要不要一起进来。我跟你说过了这个包很重。"

"可以是可以，不过这个地方好像是女士专用吧？"

"那又怎么样？现在你连跟我去洗手间都不敢了？难道这道门看起来比高中女厕所的隔板，还有你家浴室的天窗更难搞定？快点进来吧！"

她把菲利普拉了过来，后者都来不及反应，就不得不跟她一起走进了洗手间。菲利普注意到洗手间内只有一个隔间，不由得放松了一些。苏珊靠在了他的肩膀上，脱下了左脚上的鞋，用它砸向洗手间的顶灯。第一下她就成功了，灯闪了一下，随后暗了下去。现在，整个房间里只剩镜前灯还亮着，营造出一种暧昧不明的气氛。苏珊一跃坐在洗手台上，抱住了菲利普，用唇瓣黏住了他的双唇。他们的第一个吻持续了很久，在换气的间隙，苏珊把舌尖滑进了他的耳孔中，她灼热的呼吸在菲利普的身上引发了无数的战栗，从他的后背一直蔓延到全身。

"在胸部还没有发育之时，我就戴着你给我的圣牌了。我希望你的皮肤也能够记住它们给你的印记。我要走了，可是即使我不在，关于我的回忆也应当时时跟随着你。我不希望你属于其他任何人，除了我。"

"你还真是有自信啊！"

洗手间门锁上的绿色半圆变成了红色。

"不要再说了，继续来吧。我想看看你是不是进步了。"

又过了很久，他们才走出了洗手间。酒保一边擦拭着酒杯，一边用探究的眼光审视着他们。

菲利普牵起了苏珊的手，但是他却有种错觉：苏珊好像已经不在他的身边了。

❧

在洪都拉斯更北的地区，苏拉山山谷的入口处，水流已经变得雄浑，挟着雷鸣一般的咆哮声，摧毁了它所经之路上的一切。车辆、家畜、石块、瓦砾……所有这些都在激流中不停翻滚，甚至偶尔还能看到人体的残肢，让人不由得心悸。什么都阻挡不了水流的脚步，不管是高压电线杆，还是卡车、桥梁，抑或工厂，全部都被连根拔起，被这股力量裹挟向前。不过几小时，山谷就变成了一个巨大的湖泊。很久之后，当地的老人都会告诉后人，是这里的好风光让"法夫"在山谷中驻足了两天；但就是这两天，造成了上万人的死亡，让60多万人流离失所，无从果腹。48 小时里，这个面积约与纽约州相同，位于尼拉加瓜、危地马拉和萨尔瓦多之间的地区，就彻底被这股与三颗原子弹爆炸释放出的威力相当的力量毁灭了。

❧

"苏珊，你要在那里待多久？"

"我真的得走了。我去登机了，你要继续留在这儿吗？"

菲利普站起身来，并没有回答苏珊的问题，在桌子上留下了一美元的小费。走廊里，苏珊把眼睛贴在了酒吧木门上部的小窗上，看着他们刚才坐过、现在却已变得空空荡荡的桌子。她看上去似乎在同什么不好的情绪做斗争，只听她用尽可能快的语速说道：

"你听我说，我再过两年就回来了。你在这里等我，我们在这里偷偷地碰面。我会告诉你在我身上发生的所有事情，你也告诉我所有你做过的事情。我们还坐在同一张桌子上，因为它是属于我们的。等我成了当代的南丁格尔，他们就会给这张桌子镶上一个小小的铜牌，上面写着我们两个人的名字。"

在登机口前，她告诉菲利普她是不会回头的，她不想看到他难过的神情，她想带走的只有他的笑容；她也不愿再次想到父母亲的离世，所以才没有让菲利普的父母来机场送她。菲利普把她紧紧地拥入怀中，在她的耳边低声说让她多多保重。苏珊将头埋在他的胸前，深深地吸气，好像想要努力记住他的味道，又似乎是想要把自己的气息留在他的身上。接着，她把机票递给了登机口的空姐，最后一次亲吻了菲利普，然后深吸了一口气，两颊都因此鼓了起来，给他留下了一个小丑般可爱的鬼脸。最后，苏珊快速向飞机跑道走去，通过了地勤指示的通道，登上了飞机的舷梯，消失在了机舱里。

菲利普又回到了方才的酒吧，坐在了同一张桌子旁。停机坪上，那架麦道飞机的引擎已经开始启动，制造出了一片灰色的烟雾。两个螺旋桨先是逆时针旋转了一圈，然后又向反方向转了两圈，随后越转越快，肉眼已经无法捕捉到桨叶运动的轨迹。飞机转了个弯，拐上了跑道，又沿着跑道缓缓向前滑行。在其前轮到达地面的白色标识后，飞机再次停住，收起了起落架。跑道的两侧，草坪上的绿草都弯下了腰，似乎是在向这个庞大的飞行器致敬。引擎声越来越响，酒吧的玻璃窗也开始震颤，飞机的副翼再次上下翻动了一下，仿佛在向观众告别，随后开始快速向前冲。随着速度越来越快，飞机很快到达了一定的高度，菲利普眼看它的尾翼提升，之后轮子也离开了跑道。这架型号为DC-3的麦道飞机很快就飞入了天空，伴随一个华丽的右转，它消失在了云层背后。

菲利普盯着天空看了一会儿，然后把目光转移到对面的那把椅子上：半个小时之前，苏珊还坐在那里。一种孤单的情绪瞬间占据了他的整个身心。他站起身来，把手放在口袋里，离开了酒吧。

Chapter 2

灾难中的国度

有的时候，他正给苏珊写信，她的信就来了；有的时候，他还没来得及问苏珊一些问题，她就已经在信里给出了回答。

1974 年 9 月 25 日，飞机上

我亲爱的菲利普：

　　我知道自己刚刚没能很好地在你面前掩饰我心中的恐惧。看着地面在我的脚下消失，隔着那些云层，我感到一阵晕眩，不过幸好现在已经好多了。我很失望，因为我没能从飞机上看到曼哈顿。但是至少在这里，我能近距离地观察天空，可以看到云朵的形状，它们都很小，就像绵羊一样。还有朵云很像一艘船，它行进的方向正是你所在的位置。看来你们那儿马上就要有个"好天气"啦。

　　机舱正在剧烈地抖动，不知道你是否还能认出我在这种情况下所写的字。在我面前的，是一段很长的旅程：我要先在华盛顿转机，再过6个小时，就可以抵达迈阿密。然后换一架飞机，直飞特古西加尔巴。你看，是不是不管这个城市究竟如何，它的名字就已经很神奇了？我想你，你应该在回家的路上。还有，替我问候你的父母。我只是想把这段旅途讲给你听，你也要好好照顾自己，我的菲利普……

苏珊：

　　我刚刚到家。爸妈没有问我任何问题，我想他们只要看到我的表情，就全明白了。现在我有些自责，我刚才不应该那样，我应该陪你一起高兴，尊重你想离开这里的意愿。你是对的，就算你当面问我愿不愿意和你一起走，我也不见得会有这个勇气。好在你没有这样直接问我，幸好没有。我也不知道自己为什么会这样想。没有你的夜晚变得好长。这是我写给你的第一封信，我把它交给了"美国和平护卫队"在华盛顿的办公室，他们会想办法转交给你的。

　　我已经开始想你了，很想很想。

菲利普

　　我又拿起了纸和笔。机舱外出现了一片令人难以置信的光线，你肯定没有见过这种景象，我之前也从未见过。在这片云海之上，我经历了一场真正的日出。但是，从上面看去，倒是没有从地面上看起来那么美。但我还是很遗憾你不能和我坐在一起，看看这些我曾经目睹的场景。还有，刚刚我忘记告诉你一句很重要的话：我很想很想你。

苏珊

1974 年 10 月 15 日

苏珊：

你已经走了三个星期了，我还没有收到你的第一封信。我想它应该还中转在我们之间的某个地方。朋友们经常向我问起你的消息，如果你再不给我来信的话我就只好随便编些什么告诉他们了……

10 月 15 日

菲利普：

这趟行程真是一片混乱。我们在中转站迈阿密足足滞留了四天。我们不光要等两集装箱的物资，还要等拉塞瓦的机场恢复运营，因为之后大家必须在拉塞瓦休整。我本想利用这个机会去参观迈阿密城，但最后证明这只不过是个难以实现的梦。我们团队的所有人都被安排在一个拥挤的停机仓里。每天的生活无非就是三顿正餐，两个冷水澡，一张行军床，还有无休止的西班牙语课和救援培训，就好像是在军营里一样，只是没有军衔的区分而已。最后还是那架DC-3陪我们到达了特古西加尔巴，一架军用直升机在那儿接上了我们，把我们送到了雷蒙维乐斯拉摩拉乐，一个圣佩德罗苏拉旁边的小机场。菲利普，你知道吗？从空中望去，这个国家就好像是被轰炸过一样，真是令人难以置信。几千公里的土地看起来都被摧毁了，到处是倒塌的房屋，断裂的桥梁，还有随处可见的乱葬岗。低空滑行的时候，我甚至还能看到污泥中人类的肢体，还有成百上千肚皮朝上的动物尸身。空气中满是恶臭。道路几乎完全中断，就像一条条被扯断的礼品盒包装丝带；树木都被连根拔起，倒在地上，到处都是。在米卡多的这片森林里，估计没有什么生物能够幸存。多处山体出现了整片滑坡，很多村庄因此从地图上消失。没人能说清楚到底有多少死难者，只知道至少成千上万。有谁能数清楚这里究竟有多少具尸体？而那些死里逃生的人，面对如此深重的绝望，将要如何活下去？我们至少应该派出上千人来帮助他们，可是在这个直升机上只有16个人。

　　菲利普，你告诉我，为什么我们所谓伟大的国家可以派整团的兵士去打仗，却不能派几队人来帮帮这些可怜的孩子？到底要过多久，大家才能意识到这些人需要我们的帮助？菲利普，在你的面前，我永远不用隐藏任何情感。现在我就告诉你，在成千上万的尸体中间，我甚至感觉不到自己还活着。好像有什么东西变了：对我来说，活着，不再是一种权利，而是一种特权。我好爱你，我的菲利普。

苏珊

10月25日

苏珊：

这一周，我在报刊上看到一些消息，了解到你所处的环境是多么的令人惊惧。那个时候，我正好收到了你的第一封信。报纸上说，有上万人因此丧生。我每一秒都会想到你，想你现在正在经历什么。我跟每一个人都会谈论你，而大家每次看到我，也都会问我有没有你的消息。在昨天的《蒙特克莱时报》上，有一个记者提到了我们国家向洪都拉斯派去的人道主义援助组，在文章末尾还说到了你的名字，我把这篇文章剪了下来，把它和信一起给你寄了过去。你知道的，每个人都在问我你的近况，这可让我有点不好过。你知不知道我有多想你！学校又开课了，我在学校附近找了个房子，还给一家专职修补物品的艺术家工坊投了简历，工坊就在布隆街上的那座三层小楼里。我要住的这个街区看起来不太好，可是公寓面积很大，房租也还算可以接受。你可要知道，这可是曼哈顿啊！等你回来的时候，我们离纽约独立电影院可是只隔几条街了，你还记得这个电影院吗？你可能不会相信，在对面酒吧的玻璃窗上，有一面洪都拉斯国旗。我住在这里，等着你回来，每天都会经过这面玻璃窗，这就像是上天发来的一个信号。你要注意安全。我想你。

菲利普

菲利普每周都能收到一封苏珊的信，一般他当晚就会写回信。有的时候，他正给苏珊写信，她的信就来了；有的时候，他还没来得及问苏珊一些问题，她就已经在信里给出了回答。在苏珊给他写第二十封信的时候，那个被飓风摧残过的国度已经重拾了勇气，整个国家都在废墟上开始了复建工作。苏珊和她的同伴们也建起了第一个灾民收容所，位置就在苏拉山的山谷里，即圣爱德芳索和卡巴斯拉德纳可山之间。次年1月的时候，志愿者们开展了一场疫苗接种活动。苏珊找到了一辆老旧的道奇卡车，开着它穿过了一个又一个村落，四处发放生活物品、农耕急用的种粮，还有药品。不在卡车上的时候，苏珊就一直忙于兴建能满足基本用途的房屋。她建起的第一间棚屋变成了诊疗室，第二间则用作办公室。到月底的时候，已经有10间用泥土和石块搭成的小屋，可以为30户家庭遮风避雨。又过了一个月，到2月末的时候，在苏珊"治理"下的小村落已经发展成为横跨3条街的聚居地，有 2 幢楼房、21 座简易小屋、200 名常住居民，其中三分之二的人都实现了居有定所，剩下的三分之一也有帐篷可睡。村落中心还自发形成了一个小型广场，人们开始在上面兴建学校。每天早上，苏珊都会匆匆吃下一个玉米饼，然后赶去仓库，这可是他们去年在圣诞节时建成的、专门用来储存货品的木屋。她会用各种物资把她的卡车装满，然后开始在不同的村庄间做例行的巡视工作。旅途中，她的同伴一直都是胡安。换挡的时候，这辆旧车的发动机经常会莫名其妙地抖动起来，整个驾驶室都颤抖不已，甚至会抖到令她无法握住方向盘。此时，就需要等汽缸先恢复正常温度，活塞才会重新开始工作。

胡安还不满 18 岁。他出生在科尔特斯港，却已经记不得父母的长相。9 岁的时候，他就开始在港口谋生；刚过 11 岁，他就已经靠给渔船收网来糊口。13 岁那年，他独自来到苏拉河谷，这里的每一个人都认识他。这个少年有成年人一般成熟的举止。苏珊从车上下来的那一刻起，他就开始用西班牙语叫她"白皮肤的小姐"，跟着她跑东跑西。刚开始的时候，苏珊把他当成了乞丐，但她很快就发现胡安是个很骄傲的人，并不屑于做这些乞讨的事。他总是坚持用劳力来讨生活，帮别人做些小活计，好换取一些食物，或者是雨夜里的一顶帐篷。他会修屋顶，会给篱笆上漆，会给马匹打蹄铁，会帮牧民放羊，会用肩膀运送各种货物，还会帮忙清理谷仓。至于修理那辆浅蓝色道奇卡车、往上装货或是从车厢往下卸货之类的活，胡安总是注意着苏珊的每一个动作和表情，一旦她流露出了"我需要帮助"的意思，胡安总是会立即上前。从 11 月起，苏珊每天早上做的玉米饼就变成了两个，有的时候还会再添一条巧克力，她总是和胡安一起吃完这些再上路。不管当地人如何乐观，都必须承认直到下个丰年到来之前，这片土地都难以再出产蔬菜了，而那些断裂的道路也无法让人们把新鲜的产品运到全国各地。在这种情况下，大家只能满足于一些生活必需品，而对当地人来说，这些东西就是神明赐予的丰盛大餐。在苏珊走过的那些乡间道路上，胡安躺在遮雨布上的身影极大地安慰了她，但在大部分的时间里他们总是沉默的，似乎无法在这些地狱般的场景中感受到喜悦。

1975 年 1 月 8 日

菲利普：

这是我一个人度过的第一个新年，没有你，没有家，什么都没有。我总有一种奇怪的感觉，所有的东西都混杂在我的脑子里：一种奇特的孤独感控制着我，但同时还有一种淡淡的喜悦，我似乎对自己能有这么多独特的体验而自豪。以往的跨年夜，在快要 12 点的时候我们都会互换礼物；可是今年的这个时刻，我却在一群一无所有的人中间度过。这儿的孩子们甚至会为了得到礼物包装纸而打架，就为了上面的一节彩带。不过在街道上，还是能感受到浓浓的节日气氛。男人们向空中放着简易烟花，庆幸自己可以活下来；女人们带着孩子在街上跳舞，围成一个个祈福的圆圈。在这片欢天喜地中，我却觉得有些茫然。在美国的时候，新年的临近总是让我有些多愁善感；我曾经花很长时间向你倾诉各种可笑的烦恼，向你抱怨并不是所有的一切都围着我转。但是在这里，虽然所有人都刚刚失去了亲人，虽然他们变成了鳏夫、孀妇，或者孤儿，但是他们却在灾难面前展现出一种伟大的生命韧度。上帝啊，你不知道这些苦难中的人有多么伟大！胡安送了我一份圣诞礼物，你根本想不到它到底有多棒！那是我人生中得到的第一座房子，它很美，再过几周我就可以搬进去了。胡安一直在等待月末，到那个时候雨季就结束了，他就可以为外墙刷漆了。让我来跟你讲讲他是怎么把房子建起来的：他用泥土、干草和鹅卵石混在一起建起墙基，又拿砖块垒成了墙体。村里的居民也帮了他不少忙，他们从废墟中拣出来些还能用的窗户，让我的房子四面都可以采光。整个房子就是一个房间，地面还是泥地。我准备在左边的墙上搭一个壁炉，旁边再建上一个石头做的水池，这样就算是厨房了。至于淋浴的问题，胡安打算在屋顶上放一个水罐。这样我只要拉一下链子，就会有冷水或者温水了，只不过水的温度要取决于外面的温度。当然，只听我的描述，你会觉得我的浴室不怎么样，这座房子的条件也称得上艰苦，但是我知道它将会充满生机。我还会在房子里留一个角落当客厅，这儿会有一张书桌，胡安也在寻找合适的地砖材料。屋子里还会有一个夹层，我会把床垫放在上面,每天用梯子爬上去睡觉。好了,我说了这么多,现在轮到你了。该你跟我讲一讲你是怎么过节的,最近过得怎么样?我一直都很想你。我想给你的吻是那么的多,现在你的床上应该已经下起了亲吻的雨。

苏珊

1975年1月29日

苏珊:

我没有收到你的新年祝福!或者应该说暂时还没有收到。这封信里还有我给你画的一幅画,希望它不要在邮递的过程中受到什么损伤。上次我跟你说过了我所在的街区,我想你肯定在猜测它在早晨的时候会是什么样子。对了,我有个好消息要告诉你,关于那个在布隆街的艺术家工坊。我成功了,他们雇用了我!我现在就在这个工坊里给你写信,窗外就是纽约的SoHo街区,也是这幅画里的场景。你也许不知道,离开蒙特克莱对我来说意味着什么,我似乎一下子丢失了很多生活原本的坐标,但同时我也收获了很多。

我很早就起了床,然后去热里哥咖啡馆吃早饭。这样做肯定有点绕路,可是我喜欢那里细碎的石子路上反射出来的阳光,还有用生铁板铺就的、镶嵌着玻璃珠的人行道,以及那些掩映着金属楼梯的建筑物外立面。最重要的是，你很喜欢这个地方。你知道的，我总是在给你的信里说些有的没的，好让你时不时可以想起我。只要我给你写了信，你就必须得给我回信，跟我讲一讲你的生活。苏珊，你走之前，我从来没有想到我居然会这么想你。我只好每天都不停地听课，不停地跟自己说没有你的日子真的好漫长。我总是有种冲动，想跳上一架飞机，去往你所在的地方，虽然你总是在说那不是我可以忍受的生活。但是没有你，我已经不知道什么才是生活。

　　好了，如果最终我没有把这封胡言乱语的信扔到垃圾桶里，那一定是我刚刚喝的那杯波旁酒发挥了效用，或者是第二天我强迫自己不要再重读这封信并把它直接塞到了路旁的信箱里。你知道吧，这条街的街角处有一个信箱，每天黎明，当我离开家的时候，都会往那边看一眼，想着也许今天稍晚的时候它就会给我带来一封你的信件，这样我从学校回来的时候就可以看了。我总是有种错觉，觉得那个信箱在冲我笑，好像在讽刺我的急切。外面真的好冷。我亲吻你。

菲利普

1975 年 2 月 27 日

菲利普：

　　我只能先给你写一封短信，很抱歉没能给你写更多的信。最近工作实在是太多了，每天回家之后，我都没有力气再拿起笔来，甚至连爬到床上睡上几个小时的精力都没有。2月过去了，雨也已经停了3个星期了，这简直像个奇迹。泥泞开始消失不见，取而代之的是空气中大团的灰尘。我们终于可以开始真正的救援工作了，一直以来的努力现在有了结果：生命最终战胜了死亡。

现在，我终于可以坐在我的书桌前给你回信。我把你的画挂在了壁炉的上方，这样我们就能看到同一片景色了。我很高兴你搬到了曼哈顿。你在学校的生活怎么样？是不是有很多女同学拜倒在你的牛仔裤之下？好好享受她们的爱慕吧，我的老朋友，但不要让那些女生太伤心。我温柔地亲吻你。

苏珊

1975年4月4日

苏珊：

年末那些节日的欢快气氛似乎已经离我们远去，2月的日历也已经翻到了尽头。两个星期前，纽约下了一场大雪，整个城市因此瘫痪了三天，大家都笼罩在一种无法形容的恐慌之中。没有人可以开车出门，出租车在第五大道上歪歪扭扭地走着，就像雪橇一样。消防队没能扑灭翠贝卡街区的那场大火，因为消防龙头

完全都冻住了。在严寒中，城里也发生了些可怕的事情，有3个
流浪汉在中央公园里冻死了，其中有个30岁的女人。当人们发
现她的时候，她还在长椅上保持着一个端坐的姿势，就这么被冻
住了。现在电视里的早间和晚间新闻都在不停地谈论这件事情。
所有人都在批评在这种寒潮的侵袭下，市政府为什么不设立一些
收容所。在我们这个时代，怎么会有人在纽约的街上被冻死？
这简直是城市的耻辱！你最近怎么样？有没有搬到那个新的房子
里？你开的那个关于大学女生的玩笑还真是好笑，现在轮到我了：
那个总是对你大献殷勤的胡安是谁？考试季快要到了，我最近简
直累得跟狗一样。你有没有想念我？抽空给我写封信吧。

菲利普

1975 年 4 月 25 日

菲利普：

　　我收到你的信了。本来两个星期前我就该给你写回信，可是
总是抽不出时间。已经是 4 月末了，屋外阳光明媚，温度也高得
吓人，空气中弥漫着些让人难以忍受的味道。我之前和胡安一起
出去工作了 10 天，我们穿过了苏拉河谷，开上了卡巴斯拉德纳
可山的盘山公路。这次出行的目的是找到那些在深山中居住的人。

不过这里的路可真是难走！那辆道奇卡车有两次都差点要抛弃我们，幸好胡安有双魔术师一样的手。现在，我的整个背部就像被碾压过一样，你肯定想不到给这种车换轮胎是一件多难的事情。刚开始的时候，山里的那些农民把我们当成了从尼加拉瓜来的"桑地诺民族解放阵线"的人，而那些民族解放阵线的人却总是把我们当成民兵。他们双方要是能和解，倒是能让我们的工作轻松不少。

第一次被拦住的时候，我得承认自己的心脏都快要跳出来了。我从来没有见过这种被枪指着脑袋的场面。不过后来，我们用几袋麦子和 12 床被褥换来了一张安全通行证。那些盘山公路都是修在悬崖边，几乎开不上去。我们足足走了两天，才成功往上走了 1000 米的海拔高度。我没法跟你描述我在山上发现了些什么。那些人都骨瘦如柴，却没有任何人给他们送来援助。胡安费尽了唇舌，才征得把守山口的人同意让我们进去……

当地居民对他们的到来似乎抱有极大的不信任。在苏珊和胡安到达之前，他们就已经被卡车引擎的轰鸣声惊动，纷纷走出棚屋，自发站在街道旁，用审视的目光看着那辆缓缓向前开动的道奇车。卡车每前行一步，它的变速箱都会发出嚓嚓的声响。车终于开到了这条废弃街道的尽头，被迫停了下来。就在这个时候，两个男人突然从路肩冲了出来，跳到了车门旁的脚蹬上，拿着几把大砍刀，还奋力地把手臂伸进驾驶室。苏珊被吓坏了，一时没把住方向盘，她立即踩下了刹车，但却发现脚刹失灵了。她只好又拉住了手刹，但此时的卡车还是一半身子探进了路旁的水沟里。

　　苏珊突然觉得血气上涌，这股怒气让她暂时忘记了害怕。她猛地打开了车门，从驾驶室里走了出来，有一个正要往上冲的男人一下子就被甩到了地上。苏珊的眼中满是愤怒，她双手叉腰，开始用所有她能想到的词汇来骂那个男人。被骂的村民看起来非常惊讶，他根本听不懂这个浅色皮肤女人口中的任何一个字，但在他看来这个"白皮肤小姐"似乎是生气了。胡安也从车上走了下来，平静地开始用西班牙语向村民解释他们出现在这里的原因。短暂的迟疑过后，其中一个村民突然举起了右手，十数个人围了过来。他们的讨论进行了很久很久，中间不时有激烈的争吵。苏珊爬到车辆的引擎盖上，用毋庸置疑的语气命令胡安按下汽车的喇叭。胡安笑了笑就执行了她的命令。渐渐地，所有的争论声都被汽车的喇叭声压过，人们也慢慢安静了下来。所有村民又再次转向了苏珊。苏珊尽量用西班牙语跟其中那个看似领头的人说：

　　"我有被褥，有生活用品，还有医药。要么你们现在来帮我把这些物资卸下来，要么我就松开手刹让车掉下去，大不了我步行回家。"

　　一个女人穿过了寂静的人群，来到车前，在胸前不停地画着十字。苏珊慢慢地从引擎盖上爬了下来，小心不让自己的脚踝扭伤。那个女人向她伸出了一只手，接着又有一个男人把手伸向了苏珊。苏珊打量着人群，向胡安走了过去，那些村民自发让开了一条路。她和胡安一起跳到了车斗里，掀开了那层防雨布，整个村庄都保持着一种可怕的寂静。她拿出了一袋被褥并扔到了地上，但没有人去拿。

"我的天，这些人究竟是怎么了？"

"小姐，"胡安说，"你带来的东西对于这些人来说是无价之宝。他们正等着你开价，可是他们并不能给你任何等价的东西。"

"好吧，那麻烦你告诉他们我需要的价钱只是让他们帮我把物资卸下来！"

"事情没有这么简单。"

"那怎么可以让事情简单一点？我们到底要怎么做？"

"把您那个'和平护卫队'的臂章戴上，拿一床被褥，把它披到那个刚刚跟你画十字的人的身上。"

苏珊把一条毯子披在了那个女人身上。她直视着对方的眼睛，用西班牙语说道："我只是把这些早该送来的东西给你们。请您原谅我们到得如此之晚。"

特蕾莎把她拥入怀里，吻了吻她的面颊。所有的人脸上都露出了兴高采烈的神情。他们冲到卡车上，很快就把所有的物资搬空了。胡安和苏珊都被村里的居民邀请共进晚餐。夜幕降临，人们生起了篝火，开始准备一顿丰盛的晚餐。

晚餐的时候，一个小男孩从背后靠近苏珊。苏珊感觉到了他的存在，转过身来给了他一个微笑。过了一会儿，小男孩又来了，离苏珊的距离比上次更近。苏珊再次和他交换了一个眼神，然后他又跑开了。同样的情形又发生了好几次，直到最后小男孩几乎已经贴上了苏珊的后背。苏珊默默地看着他，什么都没有说。透过男孩脸上厚厚的污垢，苏珊看到了他黑珍珠般亮晶晶的眸子。

　　她向男孩伸出了手，手心向上。男孩的目光在她的面孔和手之间徘徊了好几次，最终把手指怯怯地搭在了苏珊的手上。他向苏珊做了一个噤声的手势，随后苏珊就感到那条幼小的手臂好像想要把她带去什么地方。苏珊站起身来，任由男孩拉着她向前走。男孩带着她穿过了房屋间狭窄的甬道，最终停在了一个栅栏后面。他的手指一直放在嘴唇上，让苏珊不要出声，并示意她蹲下来，和他保持一样的高度。他指了指栅栏上的一个洞，用一只眼睛看向里面，并打手势让苏珊也这样做。随后他就退开了，苏珊把眼睛贴了上去，想看看究竟是什么东西能让这个小男孩鼓起勇气，花费这么多的心思把她带到这里。

　　……我看到了一个5岁的小女孩，双腿长了坏疽，看来她快要死了。那时村庄有很大一片房屋都被洪水卷走了，当洪水经过一棵树的时候，一个正在树上绝望地寻找他女儿的男人看到了小女孩伸出的手臂。男人从死神手里救出了小女孩，把她搂进了怀里。他们在水里游了几公里，一直努力把头伸出水面，还要不停地和那要卷走他们的洪流做斗争。最后他们精疲力竭，在水里失去了意识。第二天，当男人醒过来的时候，就看到女孩躺在他身边，他们都受伤了，可还是活了下来。只是有一点和男人预想的不一样：那不是他的女儿。他到最后也没能找到亲生女儿的尸体。

　　我和他整整聊了一夜，最后他同意把孩子交给我们。我甚至不知道她能不能熬过路上这段时间，但确定的是，就算她留在这里，也活不了几天了。我向那个男人保证，一两个月后我会把女孩带回来，还会送来一卡车的物资。我想他应该是为了村里其他人的物资供应才答应把女孩"牺牲"给我。虽然我知道自己在做一件高尚的事情，可是从他的眼神里我似乎能感受到自己很肮脏。我已经回到了圣佩德罗，小女孩还是在生死间徘徊，而我的心里却感觉空空的。对了，还有一点参考信息要提供给你：胡安是我的助手，你开的到底是什么无聊的玩笑！我可不是在加拿大度夏令营！但我还是要亲吻你。

苏珊

PS：既然我们彼此发过誓要永远向对方讲真话，那我还是要告诉你：关于那个女流浪汉的事情，你和你的纽约都让我恶心透了！

又过了很久，苏珊才收到菲利普的来信。但这封信好像是在他收到苏珊的回信之前写的。

1975 年 5 月 10 日

苏珊：

我的回信似乎也写得迟了。之前为了考试我简直累得像狗一样，不过好在那些阶段测验终于已经过去了。5月的纽约又多了些新鲜的色彩，我倒是觉得它穿绿色很好看。上周日我和几个朋友去了中央公园，已经有情侣在草地上拥吻，这才是春日该有的景象啊！我跑到了楼顶的天台上，画下了脚下街区的全景。我好希望你可以在这里，和我站在一起。这个暑假我要去一家广告公司实习。你每天都在做些什么呢？你在哪里啊？给我写封信吧，如果很久都没有你的消息我就会开始担心了。

希望很快收到你的来信，我爱你。

菲利普

在山谷深处，苏珊见证了破晓时的天光是如何穿破夜幕的黑暗。很快，太阳就照亮了万物。阳光就像几条不断延伸的缎带，伸向连绵的、还带着晨露的草地。刚刚露白的天空中，已经有鸟儿在歌唱。苏珊伸了个懒腰，又呼出了一口气，感觉背上颇有些疼痛。她走下了梯子，光着脚一直走到了水槽处，借着壁炉里的余烬暖了暖手，然后从架子上取下来一个木盒子。架子是后来胡安给她钉在墙上的。接着，苏珊从一个搪瓷水壶中倒出了一杯咖啡，再给这个已经被倒空的水壶续满了水，让它在壁炉里那个支在灰烬上方的烤架上以一个微妙的角度维持平衡。

烧水的过程中，苏珊又刷了牙，在那面挂在水槽上方的小镜子里看了看自己的仪容。她向镜中的自己做了个鬼脸，用手理了理那些卷翘的头发，接着扯了扯肩膀上的 T 恤衫，想看看那个蜘蛛的咬痕怎么样了。"真是见鬼了！"她说完立刻爬上了床，把整个床垫掀了起来，想要跟那只侵犯她的蜘蛛算账。就在这时，壁炉处传来了水烧开的声音，苏珊只好暂时放弃了报仇的计划，从床上爬了下来。她用抹布包住水壶手柄，再顺手拿起桌上的一根香蕉，到户外去享用午餐。坐在门口的台阶上，她把杯子举到了嘴边，眼神汇聚在天边。最后，她揉了揉小腿肚，觉得整个人舒服多了。突然她跳了起来，回到了屋里，抓起了一支圆珠笔。

菲利普：

我希望你能很快收到这封信。我想请你帮个忙：能给我寄点润肤霜和沐浴露吗？

我百分百地信任你，下次见到你的时候我会把钱给你的。亲吻你。

苏珊

星期六结束了，街道又充满了熙熙攘攘的人群。菲利普坐在一家咖啡馆的露天平台上修改草图。他要了杯现滤的咖啡，因为那个时候意式浓缩咖啡还没有从大西洋彼岸越洋而来。他目送一个金发女郎穿过马路，向电影院方向走去。突然，他有想去看部电影的冲动，就快速结了账，起身去看电影。两个小时之后，他从放映厅里走了出来。6月的纽约有一年中最美的日落。在十字路口，出于这一年来的习惯，他跟邮筒打了个招呼，犹豫着要不要去美世街的酒馆，跟那些正在吃晚饭的朋友聚餐，最后他还是决定直接回家。

他把钥匙插进了公寓大门的锁孔里，努力寻找着那个能打开锁簧的位置，然后推开了那扇沉重的木门。他碰到了楼内照明的开关，整个楼道立刻被一种淡黄色的光线所笼罩。信箱的插槽处，一封蓝色的信件露出了一角。他拿出了信件，快速跑上楼梯。等到他坐进沙发里的时候，信已经被打开了。

菲利普：

如果这封信要15天之后才能到你手里的话，那就是4月末了。距离我们重逢只有一年的时间了。我想说，我们的路已经走过一半了。还没机会告诉你，我升职了。大家都说我们会在山里建一个新的收容中心，由我来做负责人。谢谢你的包裹！你要知道，每次只要你的来信变少，我就会特别想念你。一年过去了，你应该老了吧！跟我说说你最近都在做些什么。

苏珊

苏珊：

　　每次电影院的屏幕上出现"一年之后……"这样的字眼时，我都觉得无法直视。你走之前，我从来没有注意到这 6 个点背后藏着怎样的悲伤，怎样的孤独。到底是多么漫长的时间才能被凝聚成那 6 个小点！夏天已经过去了，我的实习也结束了，他们建议我毕业之后直接签约他们公司。我没有去游泳，因为我很傻地去看了一部关于大白鲨的电影，那条鲨鱼可是吓坏了沙滩上所有的人。这个电影和《飞轮喋血》是同一个导演的作品，那可是我们在独立电影院看到的，当时你也很喜欢，还记得吗？不过当时的我们从放映厅出来时又怎会想到，几年之后我的住处竟然会和我们去过的那家酒吧在同一条街上，而我生活的全部内容竟会变成等你回来？我怎么会想到，自己会开始给身在地球另一端的你写信？看电影的时候，有个场景非常恐怖，坐在我旁边的那位年轻女士明显是被吓到了，突然用指甲掐了我放在扶手上的胳膊。然后，在接下来的时间里，她就不停地在重复同一件事情，那就是向我道歉。我从未在一个小时内听到过如此之多的"对不起"和"不好意思"。你了解我的，知道我哪怕在酒吧里跟不认识的女孩搭讪也需要至少 5 个月的时间来鼓足勇气，但这次我竟然跟她说出了这么一句话："如果您坚持要一直道歉的话，恐怕就要有工作人员来请我们出去了。要是您实在想跟我道歉，我们一会儿可以一起去喝一杯，好让您把话说完。"一直到电影放映结束，她都没有再说话，当然我也没能看成电影。屏幕上开始出现片尾字幕的时候，我好像看到她出去了。但是当放映厅里的灯再次亮起来的时候，她却突然出现在影院走廊里，跟在我的身后，问我要去哪里吃晚饭。最后我们去了法纳里餐厅。她叫玛丽，是新闻专业的学生。今天晚上的雨很大，我要去睡觉了。我现在感觉好多了，看来真是我口不择言了，什么都要告诉你，就是为了让你嫉妒。告诉我你的近况吧。

菲利普

1975 年 11 月的某一天（我并不知道确切日期）

我亲爱的菲利普：

距离我上次给你写信已经过去几个星期了。但是你知道的，在这里，时间好像过得特别慢。你还记得我跟你提过的那个小女孩吗？我把她送回到她新爸爸的身边了。最终，她的腿没能保住，我很害怕她爸爸看到她现状之后的反应。我们去科尔特斯港把她接了回来，胡安陪着我一起去的。走之前，他往卡车后斗里扔了几袋面粉，好躺在上面睡觉。到了医院之后，我看到小女孩躺在一个担架上，在走廊的尽头等我。我努力不去看她那空空荡荡的裤管，想把注意力都集中在她的脸上。为什么要去看已经失去的东西，而不是珍惜现在所有的？为什么要更重视已经无可挽回的东西，而不是珍爱可以把握的当下？

我一直忍不住去想，她失去腿之后到底该如何生活。胡安立刻明白了我的想法，在我开始和女孩交谈之前，就在我的耳边说："不要让她看出你的伤心，你要表现得开心点。如果她真的与众不同，那也不是因为她失去了一条腿，而是因为她所经历的故事，因为她能从洪水中幸存。"

我想胡安说得对。我们把她抱到车子后头的那堆面粉上，然后向那个山村进发。胡安一直在观察孩子的反应，他总是在试图逗笑她，我想，他这么做应该也是想让我高兴一点。为了达到他的目的，他不停地取笑我。他模仿我开车的姿势，我知道我握方向盘的姿势有些笨拙，因为这辆卡车的方向盘没有助力，对我来说实在是有些重。可是他也不用一直嘲笑我，想表现出他比我强壮很多吧！胡安半坐在座位上，把手伸向前方，不停地做着鬼脸，想要向我展示我在拐弯时脸上的表情到底有多么奇怪，同时还一直用西班牙语说些什么，不过我的西语水平并不足以听懂他要表达的意思。在行驶 6 小时之后，在一个下坡路上，发动机突然熄火了，我忍无可忍只好一拳打在方向盘上。你知道的，我的坏脾气一直都没有完全消失。胡安倒像是抓住了什么千载难逢的机会，立刻装模作样地骂了几句，用手打在一个盒子上，就好像我刚刚敲方向盘那样。小女孩终于露出了一个笑容。

　　刚开始的时候，我只听到一两声清脆的笑声，女孩似乎还有些害羞，但是接下来从她的喉咙里又爆发出了更大的笑声，她大声地笑了起来：整个车上都充满着快活的空气。我之前从来没有想到过，在我的人生中，看到一个孩子的笑容竟然是一件如此重要的事情！从倒车镜里，我看到女孩几乎已经笑岔气了，她努力调整着呼吸。她的笑声也感染了胡安。可我却默默地哭了，我觉得我哭得比父母葬礼那天在你怀里还要凶，只不过我一直试图不让我的感动表现出来。我的周围有那么多生机，那么多希望，我转过头去看着他们，在他们的笑声中间，我依稀看到胡安在向我微笑。语言的障碍全部都不存在了……对了，你的西班牙语说得很好，能不能用西班牙语跟我讲一下你们那天晚饭之后安排了什么活动，这样可以帮我提高语言水平……

　　当汽车还在盘山公路上缓慢行进的时候，罗纳尔多就看见了它。他停下了手头的工作，坐在一块石头上，一直看着汽车在山谷里蜿蜒前行，整整 5 个小时，他的目光都没有离开它。他已经足足等了 13 个星期，他总是在想女孩是不是还活着，那个在天边翱翔的鸟儿是不是会带来她已经离开人世的坏消息，但是他还是怀着希望，希望女孩能够平安归来。随着时间渐渐逝去，他开始觉得身边的所有事物都像是要告诉他一些事情，心情好的时候，会觉得这些都是好预兆；心情不好的时候，就开始想象将有什么坏事要发生。

每当转弯的时候，苏珊都要摁响三次卡车上那个音色并不怎么清脆的喇叭。对于罗纳尔多来说，这是个好的信号，因为一声长的鸣笛声表示有坏消息，但三声短促的喇叭声应该会带来好消息。他生硬地动了下胳膊，撕开了原来放在袖管里那包"帕拉丁"烟的包装。这个牌子的烟可比他总是叼在嘴边的"道拉多"贵上不少，所以他只允许自己每天在晚饭后抽上一根。他把烟放在双唇中间，划了根火柴点燃烟头，然后狠狠地吸了一口，肺里立刻充满了一种山间树木独有的香气。他静静地听着烟草燃烧的声音，看着香烟尾部那点红色的光亮。整个下午过去了，那包"帕拉丁"也已经一根不剩。看来还是要耐心一点，恐怕要等到天黑他们才能到达村庄。

夜幕降临了。所有的村民都聚集到了村口，不过这一次，没有人再试图爬上车门旁的脚蹬。苏珊放慢了车速，大家立时就围拢在了她的车旁。她熄了火，走下了卡车，用目光扫视着人群，像是要用眼神跟所有人致意。胡安站在她的身后，用脚踢着地下的石块，努力想要做出一副轻松的样子。罗纳尔多看向了胡安，并立即扔掉了手里的烟头。

苏珊深吸了一口气，围着卡车走了一圈。村民的目光一直跟随着她。罗纳尔多走了过来，脸上没有一丝表情。苏珊跳上车斗，一下子掀开了物资上的遮雨布，胡安又帮她放下了车斗的后栏板，大家立时就发现了被他们带回来的小女孩。女孩现在只有一条腿了，但她还是很开心地向这两个救过她命的人张开了双臂。罗纳尔多爬上了车子，把女孩扶了起来。他在她的耳边说了些什么，女孩的脸上露出了一个大大的微笑。等到他们下车以后，他把女孩放在了地上，跪在她的旁边，一直用手支撑着她的肩膀，好让她能坐着。人群中出现了几秒钟的寂静，但很快有人摘掉帽子扔向天空，并发出了激动的叫喊。苏珊害羞地低下了头，她突然觉得心里有什么坚硬的东西融化了。胡安抓住了她的手腕。"放开我吧。"她对胡安说。但胡安却把她抱得更紧："我要替他们谢谢你。"罗纳尔多把女孩托付给了一个妇女，向苏珊走了过来，用手拂着苏珊的脸。他抬起了苏珊的下巴，向胡安挥了挥手臂：

"大家都怎么称呼她？"

胡安打量了一下这个身材高大的男人，过了一会儿才回答说：

"山谷里的人都叫她'白皮肤小姐'。"

罗纳尔多又走向胡安，把粗糙的大手放在了胡安的肩膀上。他的眼角有很深的皱纹，嘴唇上翘起了一个很大的弧度，露出了一口并不完整的牙齿。

"白夫人！"他大声地喊道，"罗纳尔多·阿尔瓦勒要这样叫她！"

村民们簇拥着胡安走上了石子铺就的小路。那天晚上，他们喝了很多的卡约酒。

❧

1976 年 1 月，苏珊又迎来了一个没有和菲利普一起度过的新年。

整个节日期间，她都忙于各项救援工作。菲利普却在假日的热闹气氛中觉得更加孤独，他在感恩节和新年前夜之间连续给苏珊写了5封信，却一封都没有寄出。

2月4日的深夜，大地震袭击了危地马拉，夺走了2.4万人的生命。苏珊竭尽所能，想要为当地的灾民送去支持，但是烦冗的行政手续似乎不允许她这么做，最终只好放弃了。3月24日，阿根廷的庇隆政府遭逢政变，伊萨贝尔·庇隆被豪尔赫·拉斐尔·魏地拉将军送入了监狱，象征着某种政治主张在这个半球的尝试宣告失败；在好莱坞，奥斯卡小金人被颁给了杰克·尼科尔森；7月4日，美利坚合众国庆祝了独立200年的纪念日；几天之后，一架飞船降落在了火星上，向地球上的人们传来了这颗红色星球的第一批照片。7月28日，又发生了一场里氏8级的大地震。凌晨3点45分，中国的唐山市居民感受到了地球的震颤，这个城市生活着160万居民。那天晚上，离唐山不远的北京南部的一处煤矿里，有不少矿工都被埋在了地下。在这座大都市的废墟中，有600万人冒着大雨，在露天里扎起了帐篷。整个中国都在为那些死难者默哀。明天，苏珊的飞机就要降落在纽约的纽瓦克自由国际机场了。

菲利普比平时更早地离开了公司。回家的路上，他特意在一家花店停留，买了些红玫瑰和白色的鸢尾花，这两种花可是苏珊的最爱。后来，他又走进街角的一家杂货店，选了一块桌布，想要为晚餐营造浪漫的气氛；他还买了6瓶小瓶装的可口可乐，因为他不喜欢大瓶装的；他还挑了几包糖，尤其是那种草莓口味的，苏珊嘴馋时最喜欢吃这个。他的手里拿满了东西，慢慢走上公寓的楼梯。进门之后，他把原本放在公寓中间的书桌推到了旁边，把餐桌布置了一下，确保两个盘子放得左右对称，两个杯子也在一条线上。那几包糖都被他倒在了一个早餐碗里，放在了窗台上。接下来的一个小时，他都在修剪花的枝叶，想着怎样才能把这两束花摆放得更美观。红玫瑰被放在了卧室右边的床头柜上。然后，他又换了床单。狭窄的浴室里，盥洗池上方又多了一个牙杯，菲利普还小心地打扫了洗手池和浴缸。夜已经很深了，但他还是在家里不停地走来走去，想要看看还有没有什么要打理的。整个房子看起来比之前干净了很多，菲利普只好不停地调整东西的摆放方式，想要让房间看起来更有生气一些。他对着纸篓吃了一包薯片，借着厨房的水管洗漱了一下，然后躺在了沙发上，却一点睡意都没有。他几乎每个小时都要醒来一次。天一亮，他就穿上衣服，坐上了前往纽瓦克机场的公交车。

　　已经早上 9 点了，有一班从迈阿密飞来的飞机大概会在 2 小时后降落。抱着苏珊会乘坐这班早班机的希望，菲利普很早就来到了那家酒吧，找到那张桌子，把座椅靠背调了一下，好表示这个位子已经被占了。之后他来到吧台前，假装要和酒保展开一场饶有兴味的谈话。可惜这位酒保不像他那些在五星酒店里工作、穿着黑西装白衬衫的同行，他并不习惯倾听客人们的心事，只是漫不经心地听着菲利普的唠叨。10 点多的时候，菲利普一直在犹豫要不要去到达口等苏珊，但是想到之前苏珊和他约定了在这里相见，就在这张桌子旁边，他还是忍住了。这个约定实在很符合苏珊的风格，她总是会做出些很矛盾的事情：她既痛恨那些戏剧化的场景，又很喜欢坚持一些仪式性的东西。当东方航空那架洲际大型客机着陆的时候，菲利普觉得他的心脏从来没有跳得这么快过，嘴唇也不由得有些发干。可是等到飞机停在了跑道上，他就立刻预感到苏珊并没有乘坐这趟航班。他把脸贴在玻璃窗上，看着乘客们一个一个从飞机上走下来，看着他们沿着地面上的黄色标示进到了航站楼内部。苏珊肯定会坐傍晚的那班飞机吧，"这样似乎更合理一些"。为了让这个漫长的等待不是那么无聊，菲利普开始画画。一个小时过去了，菲利普已经给 7 个来过酒吧的客人画了素描像。最后，他合上了那本线圈笔记本，走到吧台前，对酒保说：

"您可能会觉得我很奇怪。我在等一个人，她应该是今天早上从迈阿密出发的。下一个航班就要等到晚上 7 点了吧，所以我还要想办法打发掉接下来的 6 小时，我的笔都已经没有墨水了。"

酒保看了看他，眼神中满是疑问，但手上却一直在擦拭着杯子，并不停地把擦好的杯子放到后面的架子上。菲利普继续自言自语：

"有的时候，一个小时真的很长。当然，很多情况下，时间都过得太快，我们什么都来不及做，但比如说现在，我不停地看手表，总是怀疑它是不是停了。能不能让我帮您擦杯子，或者做点什么事情？比如说，让我替您给顾客点单？我只是想打发打发时间。我待得都快要疯了！"

酒保把最后一个干净的杯子放到了架子上。他看了看空空荡荡的大堂，用毫无感情的声音问菲利普想喝些什么，并从吧台底下拿出了一

本最近颇受欢迎的畅销小说递给了菲利普。菲利普看了眼标题，发现它
竟然叫《可不可以请你安静一点？》。他向酒保道了谢，回到自己的位
置上。午餐时间到了，酒吧里坐满了人，菲利普只得叫了份东西，虽然
他并没有什么胃口，可是总是要安抚酒保的情绪。他吃了个俱乐部三明
治，边吃边看那本雷蒙德·卡佛的畅销小说集。下午2点的时候，换了
一个女服务生值班，来给菲利普倒上了今天的不知第几杯咖啡。菲利普
又要了一份巧克力蛋糕，但是并没有吃，他手里的书也一直停在第一篇
故事上。3点的时候，他发现自己居然花了10分钟在看相同的一页；3
点半的时候，他的目光还停留在同一行文字上。他合上了书，重重地叹
了口气。

　　苏珊坐在一架从迈阿密飞往纽约的波音飞机上，闭着眼睛，脑
子里想的满是那个同菲利普告别的酒吧。那个印象是如此清晰，她
甚至都能数清楚吧台的上方一共挂着几盏灯，也能记得酒吧木地板
的颜色，甚至记得酒吧门上的玻璃窗要比她现在靠着的飞机舷窗大
上许多。

　　快4点的时候，菲利普又坐到了吧台旁边的一张高脚椅上，他一
边擦着手边的玻璃杯，一边听着新换班的酒保讲述着他那丰富多彩的
人生。酒保的英语中夹杂着一股浓重的西班牙语口音，菲利普因此不
停地问他来自哪里，酒保至少向他重复了一百次他来自墨西哥，从来
没有去过洪都拉斯。5点时候，酒吧里又热闹起来，菲利普回到了他
的位置。所有的桌子都坐满了客人，这时进来了一位驼背的老妇人。

没有人注意到她,菲利普也连忙拿起线圈本放在了面前,不希望和她有目光接触。虽然只是短短的几分钟,菲利普却感到一阵强烈的负疚感。他还是把桌上的东西收拾了起来,放下了那个本子,站起身去吧台找那位老妇人,她正站在那里,好像很痛苦。她显然很感激菲利普,连忙向他道谢,跟着他走到座位旁,坐到了椅子上。

菲利普却无法掩饰他的紧张,一再拜托老妇人看好这个位子,然后又走回吧台取他刚刚点过的酒。在接下来的一刻钟里,老妇人一直在试图挑起话题,但是在她第二次尝试的时候,菲利普就礼貌却坚定地请她先专心吃饭。漫长的 30 分钟过去了,老妇人终于站起身来!她同菲利普告了别,慢慢地走向了酒吧的大门。

窗外传来了飞机引擎的轰鸣声,这让菲利普暂时忘却了心中的思虑。那架波音 727 来到了机场的上空,可是菲利普却低下了头。飞行员操控飞机向右转了个弯,缓慢地接近跑道的上空。最后,飞机再次向下俯冲,以便能够准确降落到跑道上。最后一次盘旋之后,滑行轮从机腹下方伸出,机翼上的指示灯开始闪光。几分钟之后,飞机的机头部分向上抬起,后面的两个轮子先接触了地面。螺旋桨的叶片已经清晰可辨了。这架波音 727 在航站楼前转了个弯,向酒吧窗下的停机坪开来。苏珊的航班终于降落了。菲利普向酒保打了个手势,示意他把桌子打扫干净,把盐罐、糖罐和胡椒瓶都放到正确的位置,也就是桌子的中轴线上。第一批乘客已经从舷梯上走下来了,菲利普突然很怕自己的直觉会出错。

苏珊穿着一件男式衬衣,下摆垂在她那条已经变旧的牛仔裤上。她瘦了,可是看起来气色不错。她透过玻璃窗看到了菲利普,那一瞬间菲利普注意到她的胸脯有明显的起伏。他强自镇定，想要遵守和苏珊的约定，在这张桌子旁等她。苏珊走进了航站楼，从他的视野里短暂地消失了。菲利普连忙转过身去，要了两个香草味的冰激凌球，叮嘱服务生要在上面浇多些杏仁碎和巧克力酱，还要放很多的焦糖。

过了一会儿，苏珊的脸出现在了酒吧大门的窗孔上，对他做了个鬼脸。她推开了门，菲利普立刻站了起来。看到菲利普还是坐在同一张桌子旁，苏珊的脸上露出了微笑。在她的人生中，已经没有太多能让她确定自身轨迹的坐标了，所以这张桌子就显得尤为重要，这是她和菲利普拥有的一个不为人知的隐秘角落。当她登上那架小小的邮政直升机，从科尔特斯港赶往特古西加尔巴的时候，就已经认识到了这一点。

苏珊推开门扇的同时，菲利普也在压抑着自己想要奔向她的冲动，苏珊应该不喜欢这样；现在，她肯定是在故意放缓脚步。走到第三排桌子的时候，苏珊突然扔下了那个巨大的背包，朝菲利普跑了过来，扑到了他的怀里。她把脸埋在菲利普的肩上，嗅着他脖颈处的香水味。菲利普双手捧起了苏珊的脸，看着她的眼睛。他们什么都没有说。服务生在他们身后咳嗽了几声，用一种开玩笑的口吻问菲利普："您还需不需要我在冰激凌上加点榛子奶油？"

他们最后还是坐了下来，苏珊看着面前的冰激凌，把食指伸到了里面，贪婪地舔着上面的焦糖。

"我真的很想你！"菲利普说。

"可是我一点也不想你！"苏珊回答道，脸上满是狡黠的神情。"你还好吗？"

"别管这种无聊的问题了，让我好好看看你。"

苏珊变了，也许旁人看不出来。但是在菲利普的眼中，她的变化都是那么明显。她的双颊有了凹陷，她的微笑中隐藏着一丝绝望，菲利普能感觉到，却说不清是为什么。也许她在异国所见证的每一场苦难，都已经深入到了她的骨血里，她身上有一道伤口，里面满是对灾民的悲悯和同情。

"菲利普，你干吗这样看我？"

"因为你给我留下了很深刻的印象。"

苏珊大声笑了起来，整个酒吧都回荡着她的笑声。邻桌的两个客人还因此转过头来。苏珊连忙用手掩住了嘴。

"啊，对不起！"

"千万别说对不起，你笑起来的时候特别美。你在那里的时候也会笑吗？"

"你知道吗？最不可思议的事情是，你以为那边是世界的尽头，可是其实它离美国并不远。还是聊聊你吧，聊聊纽约。"

菲利普很享受他在曼哈顿的生活。他刚刚从一家广告公司手里得到了第一份工作，那家公司要求他提交一份分镜绘图。他们很喜欢菲利普画的东西，而且现在菲利普已经参与到了另一个项目的工作中。虽然报酬并不可观，可是却能让他了解许多的具体事务。苏珊问他对现在的生活是否满意，他却耸了耸肩。菲利普真正想了解的，是苏珊是不是喜欢她所经历的一切，有没有在这份经历中寻求到她一直在寻找的东西。苏珊却回避了这个问题，而是继续向菲利普问东问西。她问菲利普他父母的近况。菲利普告诉她，他的父母正在考虑卖掉蒙特克莱的房子，搬到西海岸去住。不过近一年以来，他几乎都没有见过父母，只在感恩节见过一面。当时他回到了父母家里，住到了小时候的卧室，却有一种莫名的不适感，让他觉得自己似乎离父母很远，并且第一次意识到他们已经开始变老。距离有时让他忘却了时间的流逝，把生活切成了一帧帧独立的图画，而生活的背景却慢慢变成了一张发白的纸。菲利普打破了沉默。

"如果我们总是和别人生活在一起，就根本感觉不到他们在改变。但就是在这样的日复一日中，我们终将失去他们。"

"我一直是这么说的，亲爱的菲利普。两个人一起生活有时是件很可怕的事情。"苏珊说。"你觉得我胖了吗？"

"没有，我倒觉得你消瘦了不少。为什么要这么问？"

"因为你刚刚提起的那个话题。你觉得我变了吗？"

"苏珊，你看起来好像营养不太充足。"

"那就是说我还是变了！"

"你什么时候开始在意自己的外表了？"

"每次要见你的时候，我都很在意！"

苏珊看着那些杏仁碎片随着巧克力酱流到了冰激凌的底部，突然开口说道：

"我想吃点热的东西。"

"你怎么了，苏珊？"

"我今天早上忘记吃让我开心的药了！"

她终于激怒了菲利普。她知道自己的情绪不太正常，但是之前她以为凭借着她对菲利普的了解，她可以不让事情变得那么糟的。

"你至少也得假装一下！"

"你在说什么？"

"我说你至少也得装着很高兴见到我吧！"

苏珊用手抚了抚菲利普的脸颊。

"亲爱的，我当然很开心见到你。我的坏情绪和你一点关系都没有！"

"那和什么有关系！"

"对我来说，回国变成了一件很难的事情。这儿所有的一切都离我的生活很远。这里什么都有，这里什么都不缺，那里却什么都没有！"

"就算是你的邻居摔断了腿，你首先要考虑的也是自己有没有扭伤脚踝！如果你还不能接受世界上的不平等，那就先学着变得自私一点吧！这样你至少可以开心一点。"

"天哪，我的老朋友，你似乎变成了一个哲学家。"

菲利普猛地站起身来，向门外走去。他到走廊上站了一下，接着又回到了酒吧里。他低下头看着苏珊，亲吻着她的脖颈。

"你好！很高兴见到你！"

"我能问问你正在玩什么吗？"

"我没有在玩！我等了你两年，给你写信写到手指上都长出了茧子，因为这是唯一能了解你的生活的办法。我以为我们的重逢至少不应该是这样的，我想要重新开始这个桥段！"

苏珊看着他，笑了起来。

"我的老朋友，你还是这么可爱！我一直都很想你！"

"好了，现在轮到你跟我说些什么了。"

"不，还是你先说吧。跟我讲讲你在纽约的生活，我想知道所有的一切。"

"你要吃点什么热的东西？"

"你在说什么？"

"你刚说过你想要吃点热的东西，说吧，想要什么？"

"那是我之前的想法了。冰激凌就很不错。"

两个人都突然有了一种奇怪的感觉，但是他们都不敢承认，也不愿意说出来。时光让他们的生命有了不同的节点，有了不同的节奏。但是那种把他们彼此连接的感情依然存在，他们只是不知道该如何表达。也许是因为他们之间的真挚感情和深情厚谊都已经承受了太多的离别，间隔了太长的距离，而这种距离却无法用公里这种单位来衡量。

"快点把东西吃完，我们该走了。我给你准备了一个惊喜。"

苏珊垂下了眼帘，沉默了一瞬。过了几秒钟，她又抬起头来，望着菲利普。

"我没有时间了……我想说我并不会留在这里，我续签了我的合同，那里真的需要我们，你知道的。菲利普，我很抱歉。"

菲利普觉得脚下的地面都已经不存在了，那是一种诡异的眩晕感，让他觉得周围的一切都变得不真实了。

"求求你，不要这样。"

苏珊把手放在了菲利普的手上，但菲利普立刻把头转向了其他的方向，他不想让苏珊看到他眼中涌现的悲伤和绝望。寂寞再一次充斥了他的内心。他用大拇指抚摸着苏珊的手背。苏珊的皮肤已经不像之前那么柔软了，上面出现了一些细纹，菲利普努力不去注意它们。

"我知道的，"苏珊说，"这对你来说肯定很难接受。但我的皮肤不可能永远是少女时的状态。你看到我的指甲了，我还没有跟你说过我腿上的问题。你想带我去看什么？"

他想带她去看他在曼哈顿的公寓，但是好吧，一切都不重要了，等下一次吧。菲利普看着苏珊，脸色却突然变了。苏珊在调她手表上的时间。

"你还有多久？"

"两个小时。"

"啊！"

"我知道的，可是你根本想象不到，我到底付出了多少努力，才能找到这个空隙，回美国来见你。"

苏珊拿出了一个用褐色的牛皮纸包装好的包裹，把它放在了桌上。

"你一定要把包裹送到这个地址。那是我们在纽约的办公室。我就是拿它做借口，才能来纽约见你的。"

菲利普并不去看那个包裹。

"我以为你是去做人道主义援助的，却不知道你却被关进了集中营。"

"现在你知道了！"

"给我讲讲吧！"

在这两年里，苏珊一直在向菲利普讲述她所走过的路。现在，她是被团队选中，派到华盛顿来，向总部论述增加拨款的重要性。但是她需要马上回去，带着那边需要的药品和物资，还有一些不易腐坏的物品。

"他们那边打包物资总是需要时间的。在这个过程中，你不能就在这里等着吗？"

"我这次来，就是要自己整理物资的。这是这趟旅行的主要目的。我需要带回我们真正需要的东西，而不是他们随便给我们装起来的毫无用处的物品。"

"你们究竟需要什么？"

苏珊假装从口袋里掏出了一个清单，装模作样地念着：

"你走左边那条路，我去冷柜那边，最后咱们在收银台那里碰头。你还记得吗？我们要采购学习用品，300个本子，900支笔，6块黑板，100盒粉笔，一些西班牙语教材，还有你能在货架上找到的一切东西，塑料的餐具，100个盘子，2000把刀，同样数量的叉子、勺子，900床被褥，1000个襁褓，1000条毛巾，还有诊所要用的100张床单……"

"可是对我来说，我只需要你，苏珊。"

"……还有6000份纱布，300米缝线，一些消毒设备，牙齿诊疗设备，医用缝针，引流管，手术台，牵开器，止血钳，镊子，青霉素，阿司匹林，广谱抗生素，麻醉剂……对不起，我真是一点幽默感都没有。"

"不是的，你以前不是这样的。我至少可以和你一起去华盛顿吧？"

"你恐怕没有权限进入我要去的地方。你知道的，他们总是无法满足我们的全部要求。"

"你已经用'我们'这个词来指代你工作的地方了？"

"我没注意。"

"你什么时候回来？"

"不知道，大概一年以后吧。"

"你下次就是彻底回来了吧？"

"菲利普，不要把事情想得这么严重。如果我去了美国的另一边上大学，我们也会分开很久。难道不是吗？"

"当然不是，学校假期可不是只有两个小时。好吧，我的确是难过了，我也没办法向你掩饰。苏珊，你真的是要寻求所有的借口来避免那件事吗？"

"避免什么？"

"避免自己真正地爱上一个人，依赖他，守在他身边！不要再看表了！"

"菲利普，我们应该换个话题！"

"你到底什么时候能停止这个工作？"

苏珊收回了她的手，眼帘垂了下去。

"那你呢？"她问道。

"我？你希望我停止些什么？"

"你那个伟大的职业规划，你那些永远画不完的草图，还有你那个格局很小的人生！"

"苏珊！你好像过分了！"

　　"不，我没有过分，我只是比你更加直接而已，我只不过是用了些更准确的词。"

　　"苏珊，我真的很想念你，这就是我想对你说的。我总是忍不住要向你倾诉我的思念，可是你并不知道，我有的时候也会生气的。"

　　"看来现在应该轮到我走出这个酒吧，然后再进来一次。我真的很抱歉，我刚刚虽然那么说，可我并不是这样想的。"

　　"不，我知道你就是这么想的。也许具体内容不一样，可是大意就是如此。"

　　"我不想停止，至少现在不想。菲利普，我看到了一些很可怕的事情，真的超出你的想象。但是我真的觉得，在那里，我可以实实在在地帮助别人。"

　　"这就是我嫉妒的原因，也是我觉得荒谬的原因。"

　　"你在嫉妒什么？"

　　"嫉妒你的工作可以让你为之激动，嫉妒你可以自豪地说只有真正的绝望才能吸引你的注意力，而且是别人的绝望。苏珊，你有没有想过，其实这样你是在逃避自己的绝望。"

　　"菲利普，你真的让我很生气。"

　　菲利普突然提高了声调，苏珊完全被惊住了。意外的是，她并没有像往常一样打断他，虽然他说的每一个字都让她觉得难过。菲利普不想听她这一系列关于人类大爱的说辞。对于他来说，自从 14 岁那个悲伤的夏天开始，苏珊就躲在一个原本并不属于她的人生里。她拯救别人的人生，并希望借此来拯救她的父母。她一直都为父母的去世而自责，不停地在想当时为什么没有把重感冒传染给他们，那样他们就不会出门了。

"不要打断我的话，"菲利普用一种无可反驳的口吻继续说道，"我了解你的每种情绪，懂得你的每种表情。事实是，你对生活有所恐惧。为了战胜这种恐惧，你就跑去帮助别人。可是苏珊，逃避不是办法，最终即使你帮助了他们，这对你自己也没有任何助益。把真正爱你的人撇到一边，却把爱施舍给那些和你没有任何关系的人，这是多么可笑的想法！我知道你很坚持，可是我要把真相告诉你。"

"有的时候我都忘记了其实你是如此爱我。对不起，我爱你没有你爱我那么深。"

墙上的挂钟时针以一种不正常的速度在快速向前行走着。菲利普放弃了，他有那么多话想跟苏珊说，但他只能写信了。他们甚至都没有时间能分享这两年中对彼此的思念。苏珊看起来有些疲惫，她觉得菲利普的脸好像有了变化，他更像个男人了，菲利普把这个评价当作对他的夸奖。他觉得，苏珊比之前更美了。他们两个人都无力地感受到重逢的2小时过得好快。最后，机场里的广播通知苏珊的航班已经开始登机，可菲利普却宁愿坐在原地。苏珊看着他。

"我不会陪你去登机口的，除非你在这里停留4小时以上。这次先告诉你这个规则，下次你就知道了。"

他强迫自己挤出一个笑容。

"你的嘴唇，菲利普！你看起来就跟查理·布朗一样！

"你看，我还是很开心的！那可是你最喜欢的连环画！

"菲利普，你知道的，虽然我很坏……"

她站了起来，菲利普握住她的手，把它裹在了自己的大手里。

"我知道的！好好照顾自己！"

他在她的掌心里印下了一个吻，苏珊弯下腰来，吻在了他的嘴角；她后退了一步，轻柔地抚摸着他的面颊：

"你看，你已经老了！你的脸上多了很多扎人的胡须！"

"当然了，距离我上次刮胡子已经过去 10 小时了。快走吧！你快赶不上飞机了！"

苏珊转过了身，飞快地跑向了远方。当她的身影消失在走廊尽头的时候，菲利普大声地向她喊，让她好好保重。苏珊没有回头，只是扬了扬手臂，向菲利普挥了挥手。那扇棕色的木门缓缓地关上了，把菲利普搁在了另一头。菲利普又在酒吧里坐了一个小时，目送着那班飞机升入天空。他又搭上了回曼哈顿的公交车，天色已经暗了下来，他想好好地在 SoHo 区走一走。

他来到了法纳里餐厅的门前，犹豫着要不要进去。餐厅的天花板上，巨大的圆形顶灯在光滑的墙壁上折射出柔和的黄光。木制的相框里，乔·弗雷泽、路易·罗德里格兹、舒格·雷·罗宾逊、洛基·马西安诺和穆罕默德·阿里都在注视酒店的大堂，看着食客们在他们的眼前笑着大嚼汉堡，或者用手拿着薯条。菲利普突然改变了主意，他感觉不到饥饿，宁愿立即回家。在华盛顿，苏珊走进了她的宾馆房间。就在同样的时间，菲利普看着卧室里的床。他拿起了右边的枕头，回到了客厅里。他没有收掉桌上的餐具，只是沉默地看着它们。最后他还是在沙发上对付了一晚，明天他要去帮苏珊送包裹。

Chapter 3

悲伤的春天

　　苏珊眼睁睁地看着卡车在她面前滚下了悬崖，摔进了不知深度几何的山谷里。在悬崖边的时候，车头还曾垂死挣扎过，车前的两个大灯射向天空，但最终还是没入了深谷。

1976 年 10 月 10 日

苏珊：

　　我本想早一点给你写信，但是却不知道能说些什么。好像经过上一次见面，我把这一年能说的蠢话全部都说光了，所以我就一直不敢提笔，怕再让你不快。墨西哥刚刚遭遇了飓风，你们有没有受到影响？新闻上说这次有2.5万人遇难，还有1.4万人受伤。墨西哥离你们也不是太远，每当看到临近你的地区遭受了什么自然灾害，我都会特别地担心你。我希望你能忘记我们上次的争执，我没有权利跟你说这些，也不能评价你的决定，我很抱歉。我知道自己有的时候会故意想要激怒你。我的确是一个固执的人，很蠢，也很难自我控制，甚至以为只要那么说了你就会回到美国来，以为会因此改变你的生活轨迹。我应该明白，很多美好的爱情故事之所以发生，是因为对彼此的宽容。快点给我写封回信吧，告诉我你的近况。

致以你我全部的温柔。

菲利普

11月11日

菲利普：

我收到你的信了，我想说……你是有权利评价我的。你做得的确有些不对，但是你的确有权利这样做。虽然我知道你不是有心的，但是你说的那些话却在无形中评价了我。我不会忘记你当时使用的每一个词，每一句话，我也一直在思考我是不是真的和你说的一样。如果我连反思都不曾做过，你说的那些话对我还有什么意义呢？丽萨，这就是你说的那个飓风的名字，并没有影响到我们。但是工作还是很艰难，我经常觉得自己很快就要放弃了。你知道的，这个国家是这么特别。那些洒在地上的死难者的鲜血已经干涸。在苦难的基石上，幸存者重建了他们的房屋，聚拢起身边的亲人，重拾生活中留存下的一切。我初到这里的时候，也曾经信心满满，觉得自己是个很聪明、很有能力且受过高等教育的人，足以掌控一切。但是在他们身边度过的每一天，都让我觉得其实当地的民众远比我要更坚强，其实我只是个脆弱无用的人。

是不是他们面对生死时所体现的尊严让他们的生命变得如此绮丽，我不知道。在这里的工作同去战乱国家的救援并不一样。在这里，唯一的战争就是人类与风雨间的战争。交战的双方并没有正邪善恶之分，没有政治派别，没有为之奋斗的崇高信仰，只有人类在自然所给予的绝望面前的生存之战。是他们的勇气，让这片绝望之地开出了希望之花。我想正是因为这一点，我才如此敬爱他们，我也知道，正是因为这一点，我才如此敬仰他们。我在刚来的时候，一直以为他们是所谓的受难者；但在后来的每一分每一秒，我都发现他们不仅仅是受难者，他们所能给予我的，远比我给他们的更多。住在蒙特克莱的时候，我的人生没有意义，我不知道可以做些什么。孤单让我变得缺少耐心，让我渐渐无法感受到童年的愉快。菲利普，还请你不要生气，也不要误会，哪怕是在我们一起度过的青少年时期，我也觉得很孤独。这是真的，我是一个浮躁的人，一直都是。我总是想一步迈上好几个台阶，这让你完全无法理解我的生活节奏，因为它和你的人生步调完全不同。

上次见面的时候，一直到离开前我都没有机会说一句很重要的话：菲利普，我一直都很想念你，我经常翻看你给我的那本相册。上面每一张我们的笑脸都是如此的珍贵，都是我们童年的印记。

我为我所选择的生活方式向你道歉，我无法只为你一个人而活。

苏珊

纽约时代广场。新年前夜。同每年的这个时刻一样，广场上聚集着熙熙攘攘的人群。菲利普找到了一群和他同来此地庆祝新年的同学。《纽约时报》大楼的电子屏上，有四个巨大的数字开始显现。午夜时分已然到来，这个世界来到了1977年。五彩的纸屑在空中飘舞，路人们互相拥抱亲吻。在热闹的人群中，菲利普却倍感孤独。他觉得很荒谬，人们为什么要根据日历上的数字来决定生活中应该开心的时刻。一个年轻的女孩沿着栏杆走了过来，试图在人潮中挤出一条道路。她碰到了菲利普，越过了他，又转过身来，给了他一个微笑。菲利普抬起手臂，向她挥了挥手。她就又向菲利普点了点头，好像在为刚才发生的一切表示歉意。他们之间隔了三个人，女孩觉得自己就好像是海浪中的一叶小舟，被人群裹挟着去往她并不想去的方向。而菲利普的身边，是两个显然已经迷路的游客。每过一段时间，菲利普都试着把头部从人群中解脱出来，似乎是想换一下气。他们两个人间的距离越来越近，菲利普试着不让她离开自己的视线。最后，他们终于在这片喧闹的气氛中听到了彼此的声音。菲利普又用肩膀挤了一下，终于到了女孩的身边，抓住了她的手腕。她转过身来，面上满是惊讶。菲利普笑了一下，用一种近似于叫喊的声音在她耳边说：

"新年快乐，玛丽。如果你能保证不再掐我胳膊的话，我可以先带你去喝一杯酒，好等到人群退潮。"

玛丽也回报给了他一个微笑，放大声音说：

"对于一个自称很害羞的人来说，你的确进步了！"

"一年多的时间已经过去了，我有充足的时间可以进步！"

"你练习过很多次吗？"

"在这种环境下，我只要再跟你说两句话，恐怕我就要聋了！我们能找个安静些的地方吗？"

"我之前是和朋友们在一起的。不过现在我应该找不到他们了。我们之前约好了在曼哈顿的下城见，你要跟我们一起吗？"

菲利普点了下头表示同意，然后他们俩就如同海难的遇难者一般，被人潮席卷到了下城的方向。在第七大道的街尾处，他们进入了布里克街。接着，他们就随着一小股人群进入了第三街。玛丽的朋友正在蓝调爵士乐俱乐部等他们，一个钢琴家正在指尖下谱写着爵士乐的经典乐章，这种旋律是永不褪色的流行之声。

清晨的纽约还是很寒冷，街上的垃圾桶里塞满了各种各样的空酒瓶，证实了这个城市昨夜经历的疯狂。现在，城市和人群都陷入了沉睡，街道中是纯粹的寂静。只有偶尔经过的几辆汽车才会发出一点噪音，让已经陷入醉后沉眠的街区显得不是那么死气沉沉。玛丽推开了菲利普公寓的大门。一阵冷风钻入了她的领口，她颤抖了一下，急忙裹紧了大衣。她向街上走去，在路口了招了招手。一辆黄色的出租车在人行道旁停了下来。玛丽钻进车里，消失在百老汇的尽头。那一年的1月2日，爵士钢琴家艾洛·嘉纳宣布正式退出乐坛。菲利普又开始了新的学期。

～

2月初的时候，苏珊收到了一封华盛顿的来信。上面是来自"和平护卫队"总部迟到的新年祝福，还有对她去年工作的祝贺和认可。信上还说，希望她能着手研究在山区建立一个新的难民营的可能性。苏珊应当尽快确立一个预算计划，并向总部论证这个计划的可行性。雨季尚未过去，坐在房子的屋檐下，她看着如注的大雨，倾泻在街道的泥土地面上。

她总是会想到那些住在山里的人，每个冬天他们都要和自然之力做斗争，以便夏天的时候能有一个好的收成。再过几个星期，他们就要开始耕种了，连抱怨的时间都没有，虽然今年的景况尚不如去年如意。

胡安一直沉默着，他点燃了一根香烟，苏珊却立时抢了过来，把烟放在了自己的嘴唇上。香烟的火光照亮了苏珊的下半张脸，她悠悠地吐出了一个烟圈。

"你用来卷烟的纸是一张飞机票吗？"

胡安狡黠地笑了。

"我卷了一些黄烟，还有一些褐色烟草，混在一起就是这个味道。"

"有一股龙涎香的味道。"苏珊说。

"我不知道什么是龙涎香。"

"是一种能让我想起小时候的味道，是我妈妈的香水味，她身上总是有一股龙涎香味。"

"您很怀念小时候吗？"

"只是会想念小时候出现在生活中的几张面孔罢了，我的父母，还有菲利普。"

"为什么您没有选择留在他的身边生活？"

"他是付你钱了吗？让你来问我这个问题？"

"我又不认识他。再说您也没有回答我的问题。"

"我不想回答。"

"白皮肤小姐您实在是太奇怪了。您到底是要逃避什么，才要离开你的国家，躲到我们中间来？"

"年轻人，你说的不对。我到这里来不是为了躲藏，而是为了自我寻找。再说，你的问题其实让我很恼火。你认为雨还会下很久吗？"

胡安用手指向天边处的一道光，那是暴雨将要离开的预兆。最多再过一个小时，雨就会停。空气中有一种湿润的泥土气息，还有松木的清香，这种气息充满了苏珊的小屋。苏珊走到她唯一的橱子旁边，好让里面的衣物也可以沾染上这种香气。她用手轻拂着一件纯棉的衬衫，那种柔软的触觉突然让她感受到了一种难言的悸动。

她扬手把烟蒂扔到栏杆的外面，突然双脚跳了起来，向胡安露出了一个大大的笑容。

"快点上车，我们要出发了！"

"去哪里？"

"不要一直问我问题！"

道奇卡车颤抖了两下，终于发动了起来。它巨大的轮胎在泥地里空转了几下，才终于攀上了几块较为稳固的石头，后轮在侧滑了几米之后最终驶上了正确的道路。前行的过程中，不断有泥土被轮胎带起，甩到车斗两侧的挡板上。苏珊一直在加速。大风拍在她的脸上，但她的表情中却洋溢着幸福。苏珊长长地舒了一口气，胡安坐到了她的旁边，他们一起向山区进发。

"我们去哪里？"

"去看那个小女孩，我想她了！"

"路太滑了，我们开不上去的。"

"你知道我们美国总统是怎么说的吗？大部分人只能看到事物的现状，然后去想为什么会这样，可我会去想事物将来可能发展成什么样，然后去思索为什么不能改变一下呢？今晚我们要去和罗纳尔多·阿尔瓦勒先生共进晚餐。"

如果肯尼迪先生真的了解洪都拉斯山区冬季的路况，他也许会等到春天再发表这通高论。6小时以后，苏珊和胡安已经攀到了半山腰，而卡车的轮轴上已经沾了太多的淤泥，根本无法继续为卡车提供动力。离合器开始打滑，发出了一股呛人的气味，逼迫苏珊认清现实。他们只好在半途中停了下来。如果就凭这样的车况，明天天亮之前他们根本无法通过剩下盘山路上的 6 个转弯，无法到达那个已在苏珊心中占据重要位置的小女孩所居住的村庄。胡安绕到了卡车的后面，从一个麻袋里取出了 4 床被褥。

"看来我们今天要睡在这里了。"他直截了当地说。

"有的时候我的确很任性，我自己都无法忍受。"

"您不用自责了，脾气不好的又不是只有您一个人。"

"你不用帮我开脱。今天又不是教历上规定的圣苏珊日，我们还是再过一段日子再庆祝我的伟大功勋吧。"

"您为什么要来看那个小女孩？"

"车上都装了些什么物资？我饿了，你不饿吗？"

胡安翻了翻另一个麻袋，找到了一大盒菜豆。他本想给苏珊做一道名叫"卡萨门托"的当地菜肴，但这需要先煮点米饭。在这种倾盆大雨里，他根本无法生起火来。苏珊把一袋饼干泡到了牛奶中，然后把它倒进了嘴里。雨水在车前的挡风玻璃上汇成了"小溪"。苏珊干脆关掉了雨刷，好节省车上电池的电力。不能看到车外的景象也没关系。

"比起山谷中的那些小孩子，您好像更关心那个小女孩。"

"其实你也不应该这么说。我没法每天都看到这个小女孩，所以才更加想念。"

"菲利普呢？您也会想念他吗？"

"你能不能放过我，不要再聊菲利普了。你到底怎么了？"

"我没怎么，我只是想尝试着了解您。"

"我没有什么可了解的。是，我很想念菲利普。"

"那您为什么不和他在一起？"

"因为我选择留在这里。"

"但对于一位小姐来说，她真正的生活就是留在她爱的男人身边！"

"你这句话说得不对。"

"我不明白有哪里不对。一个男人真正的生活也应该是和他的女人在一起。"

"事情并不总是这么简单的。"

"那你们这些外国佬为什么要把事情搞得这么复杂呢？"

"因为我们已经失去了简单的权利，这也是我喜欢和你们待在一起的原因。要想在一起，相爱这个理由还不够，还需要彼此并不排斥。"

"什么叫并不排斥？"

"就是说两个人都喜欢和对方在一起生活，有同样的希望和愿景，同样的目标，同样的渴望。"

"但是在真正在一起之前，你们又怎么能知道不会是这样的呢？根本就没法预见！刚开始根本就猜不到。爱是需要耐心的。"

"胡安，你是不是在你的年龄上对我撒谎了？"

"在我们这里，和相爱的人结婚，是一件很幸福的事情。"

"在我们那边，相爱并不是结婚的充分理由。这听上去很荒谬，我得承认你说的很对，我们有的时候就是很奇怪，我就是最好的例子。"

　　一道白色的光穿过天际，接着一声奇怪的爆炸声响打断了他们的谈话。暴雨又来了，带着一种更强的力量，雨水冲击着本就脆弱不堪的卡巴斯拉德纳可山的山体。很快，那些本就浸满水的泥土再也无法吸收更多的倾泻而来的水分，它们沿着地势滑下，导致了大面积的山体滑坡。胡安不再继续听苏珊说话，面上浮现出明显的担忧神情。他试着打开车窗，但一阵突如其来的狂风逼迫他放弃了这个打算。他的头部开始左右移动，捕捉着各种微小的动静，就像在草地中隐匿着的随时准备觅食的野兽。

　　"你怎么了？"苏珊问道。

　　"别说话！"

　　胡安把右耳贴在了车窗上，好像在窥视什么，而苏珊一直在用眼神询问他，想知道他到底在做些什么。胡安把一根手指竖到了嘴唇前，示意她保持安静。苏珊就一动不动地坐在那里。

　　"胡安，你究竟在做什么？"

　　"看在上帝的面子上，您不要再说话了，让我好好听！"

　　"见鬼，你到底要听什么？"

　　"现在不是说这些的时候，我听到有地面滑动的声音。"

　　"什么？"

　　"别说话！"

　　一声刺耳的咔咔声打破了这片宁静。胡安用尽所有力气才打开了车门，卷着雨点的狂风立即涌入了驾驶室。他看了看轮子底下，发现车下的小道已经有断裂的迹象。他连忙让苏珊打开车前的大灯，苏珊立即照做。光柱穿透了车前的雨帘，不远处，路面也已经有了裂痕。

"快点从后面下车，我们得立刻离开这里。"

"你在说什么？你看不到外面的大雨吗？"

"再不走的话，我们就要死在这里了。快点！不要从你旁边的车门下！快！照我说的做！"

胡安的语声刚落，卡车就发生了侧倾，就好像轮船在海上沉没之前，通常有一侧的船舷都会先倒下去。胡安一把抓住了苏珊的手臂，把她从车斗里拉了出来。苏珊一边努力寻找平衡点，一边跨过车斗里堆积的生活物资。胡安一直在她的身侧，帮她打开了车斗的后栏板，扶着她从卡车上跳下。他们在地上滚了几圈，接着，胡安把苏珊拉到了一块岩石前让她蹲下。苏珊眼睁睁地看着卡车在她面前滚下了悬崖，摔进了不知深度几何的山谷里。在悬崖边的时候，车头还曾垂死挣扎过，车前的两个大灯射向天空，但最终还是没入了深谷。暴雨的声音震耳欲聋。苏珊再也听不到身边的任何声响，胡安一连催促了她三次，她才终于有了反应。当务之急是要尽快爬上去，那块为他们提供遮蔽的岩石也有了掉落的迹象。苏珊紧跟在胡安的背后，他们一起向上爬了几米。就像在最恐怖的噩梦中一样，苏珊一直命令自己的身体向上爬，但每前进一步，她都感到自己正在向下滑。这并不是她的错觉，无数土石正从她的身边簌簌而落，想带着他们一起坠落地狱。胡安呼喊着，想让她抓牢一点，但是苏珊的手指已经没有力气了，她再也无法抓住胡安的裤脚。

　　苏珊趴在山壁上，落下的砂石几乎要将她掩埋。她必须使出全身的力气，可她早已喘不上气来了。苏珊眼前一黑，失去了知觉。胡安用背部作为支撑点，重新滑到了苏珊的身边。他捧起了苏珊低垂的头部，将它放在了自己的胸前。有泥土几乎要落到他的嘴里，还好他避开了。他把苏珊拉到旁边，用两根手指按压她颈下的部位。苏珊的身体发生了剧烈的痉挛，吐出了不少沙土。胡安抱紧了她，拼命抓住了一棵树的根茎。他不知道自己可以坚持多久，但是他知道这将是他们生命中仅剩的时光。

1977 年 2 月 10 日

苏珊：

　　你在哪里？我很担心你。有几则萨尔瓦多的新闻报道说，一些全副武装的游击队员正在距离你不远的边境线上集结。《纽约时报》说，他们可能会进入洪都拉斯境内，甚至可能爆发局部的枪战。你至少得给我来封信，告诉我你现在是否安全。我只恳求你要好好保重自己。快点给我来封信吧。

菲利普

他们坚持了两个小时。其间，山体滑坡的态势一度得到了控制，这让他们又向上爬了几厘米，能够找一个更稳固的落脚点。苏珊醒了过来。

"我竟然差点被一座山压死。说出去恐怕都没有人会信。"

"别说话了，保存体力。"

"你已经养成了让我闭嘴的习惯。"

"我们还没到安全的地方呢。"

"如果说你的上帝现在就想把我们接走，我们也没有办法。"

"并不是因为上帝我们才处在这种危险的境地的，是因为大山和暴雨。它们的脾气可是比您还要坏！"

"胡安，我累了。"

"我知道，我也很累。"

"谢谢你，胡安。谢谢你刚才为我所做的一切。"

"如果您救过的每个人都跟您说谢谢的话，那我们在山谷的时候就听不到别的话了。"

"雨好像变小了。"

"现在我们就要向上帝祈祷，让雨不要再变大了。"

"还是由你来祈祷吧。我之前好像对上帝他老人家有所亏欠。"

"夜晚会持续很长时间的，您休息吧。"

在接下来的时间里，他们保持了绝对的寂静，只有天边的闪电提醒着他们暴雨还未走远。快到凌晨 4 点的时候，胡安打了个盹，手松了一下，苏珊顿时下滑了几十厘米，发出了一声尖叫。胡安惊醒过来，急忙紧了紧手臂，把苏珊的身体向上提了提。

"对不起，我刚刚睡着了。"

"胡安，你应该为你自己保存体力，如果带着我的话，我们是没办法一起获救的。但是如果你现在松开我，你就能得救了。"

"如果是为了说这些蠢话的话，您最好还是闭上嘴。"

"其实你心里也明白这一点的，我只是把它挑明了而已！"

在接下来几分钟里，苏珊打破了胡安努力保持的寂静氛围，向他讲述着她的恐惧。其实胡安本人也认为他们将要迎来人生中最后的时刻。又是几分钟的沉默，苏珊询问胡安在想些什么。胡安说他正在向他死去的父母祈祷。苏珊就又沉默了，不过她接着又笑了起来。

"有什么好笑的？"

"菲利普现在应该在电视机前吧！"

"您在想他？"

"别再想我刚刚说过的蠢话了。你觉得回头他们发现我们的时候，会不会给我们一个英雄般的葬礼？"

"这对您来说很重要吗？"

"我不知道，"苏珊犹豫了一瞬，"也许吧"，她又思考了一下，"唉，其实我也不知道，只是觉得如果我这一生没有一个很美的婚礼，有一个好的葬礼也不错。"

他们还要再努力向上爬几米，即使暴雨已经结束，他们身下的土层也随时可能滑下去，把他们一同带向悬崖下方。胡安鼓励苏珊再加把劲，带着她开始了一段痛苦的攀登过程。苏珊让他先等一等，因为她的腿被卡住了。胡安一面拉着她，一面绕到她的下方，帮她拉出那条被卡住的腿，四周实在太黑，他甚至连卡住苏珊腿的东西究竟是什么都看不清。他们抱在一起努力向上爬，最后胡安的手终于碰到了上面盘山路的路基。他们连忙穿过了路，靠着山壁进行休整。那场突如其来的大暴雨已经改变了方向，飘向了100公里外的伊格纳西奥峰。那些为它开路的雨水也随之前往。

"对不起。"胡安说。

"为什么要这么说？"

"您期待的葬礼是不会有了，我们已经得救了！"

"哦！那真是太遗憾了，不过你也不用担心。我有好几个闺密都一直到三十岁还没有结婚，我还可以等上几年再办葬礼，在我变成一个真正的老姑娘之前。"

胡安并不是很欣赏苏珊的幽默感，他站起身来，想要终止这段对话。天还没有亮，太阳出来之后，他们又要继续赶路，好到达那个小女孩居住的村庄。在黑暗的情况下，每往前走一步都意味着危险。他们全身上下都湿透了，苏珊开始发抖，并不完全是因为冷，而是死里逃生总会让人心有余悸。胡安帮她揉搓着身体。

他们的视线交汇了一下。苏珊的牙齿一直在打战，声音也有点发抖，可是她还是默默地让自己的脸和胡安的面孔拉开了距离。

"胡安，你是个很好看的男孩，但是你太年轻了，触摸我的胸部对你来说实在不太合适。可能在你看来不是这样，但是从我的视角来看，你还应该再等上几年。"

　　胡安无法忍受她说话的语气。苏珊看到胡安的眼帘立即垂下了。如果她不是这么了解同伴那种平和的性子，甚至会怀疑他想给自己一个耳光。胡安什么都没有做，只是走向了远处，身影消失在路的尽头。苏珊一直在叫他，可是他却并没有停下脚步。

　　"胡安，我并不是想要伤害你！"

　　寂静中，有几只蟋蟀又开始鸣叫，它们爬出洞口，想要晾一晾被雨淋湿的铠甲。

　　"胡安，不要这样，快点回来，我们聊一聊！"

　　太阳很快出来了。苏珊坐在一段已经倒在地上的树干上，期待着黎明。

　　她一直处在半梦半醒之间。等到有人推她的肩膀时，她差点以为是胡安回来了，但是出现在她眼前的那张脸却同胡安并不相似。那张脸笑了一下，脸颊上还满是雨水。苏珊感到一阵迷茫，看着眼前已经面目全非的景象。过了一会儿，她认出了脚下那救过他们命的树根，远处还有一个简易的防洪堤坝，悬崖下，则是那辆道奇卡车已经面目全非的残骸。

　　"你看到胡安了吗？"她用颤抖的声音问道。

　　"我们还没找到那个男孩，但也许是因为我们只派出了两个人来找你们，所以才暂时没有找到。"

　　村民们听到了卡车坠崖的声响。罗纳尔多甚至确信自己看到了车大灯的光线没入悬崖的全过程。但是雨势实在太大，让他们无法立即展开救援。他无法说服别人和他一起去山里寻找。暴雨暂停的时候，他才终于找到了两个村民，让他们赶着村里的驴车沿着公路找寻，觉得哪怕是找到重伤的苏珊和胡安也是好结果。一个年纪比较大的农民说应该是有一个天使一直守护着苏珊，她才得以在这种暴雨中存活下来。

"我们得去找胡安！"

"没什么可找的了，您看看现在是什么情况。山几乎就像被扒了层皮，山谷中已经不可能有任何活物了。看看您的右边，那泥里埋着的就是那辆卡车！除非胡安能凭着自己的力量走到村里，不然他就已经被埋起来了。我们会做一个木头十字架，把它插在你们昨夜从路边滑下去的地方。"

"是路滑下去了，不是我们！"

另一个比较年轻的农民扯响了皮鞭，驴车开始前进。随着车子的左右摆动，苏珊想起了那个由她一直守护，现在却变成了她的守护神的小男孩。

一小时之后，他们来到了村庄的入口处。苏珊从车上跳了起来，大声喊着胡安的名字。但并没有人回答她。她立即感受到了街道上死一般的寂静。不再有人坐在门前吸着水烟，也不再有女人拎着小桶去泉边取水。她想到了关于萨尔瓦多游击队的传言，想起来他们和山民间似乎有过几次交火。但她同时又想到这里的山区离边界还远，似乎还没有游击队员闯入过。她感到一阵恐慌。当她再次呼喊同伴的名字，回答她的只有自己的回声。

胡安出现在街的尽头，从最后一栋房子的门廊下走了出来。他的脸上满是已经干掉的泥土，上面的每一根线条都写着伤心。他慢慢地走了过来。苏珊根本无法抑制自己的愤怒。

"你怎么能就这样把我一个人留在那里！你知不知道我有多么担心你！下次不要再做这样的事情了，你又不是只有 10 岁！"

胡安拉住了她的手臂，把她带到了街上。

"跟我走，不要说话。"

可是苏珊拒绝了他的要求，只是定定地看着他。

"你不要总是让我闭嘴！"

"算我求您了，不要发出声音，我们没有时间可以浪费了。"

他把苏珊带到了他刚刚离开的屋子，走进里面唯一的房间。房间的玻璃上贴着彩纸，阳光根本无法照进来。过了好一会儿苏珊才适应了眼前的黑暗。她认出了罗纳尔多·阿尔瓦勒的背影。他本来是跪在地上的，看到苏珊进来，他就站了起来，转向苏珊，双眼布满血丝。

"白夫人，您能来真是个奇迹。她一直在叫您的名字。"

他把苏珊推到了房间最里面的位置，撩开了一块黑色的帘子，露出一张放在墙边的床。

苏珊看到了那个小女孩，就是为了她苏珊才决定开始这段冒险的旅行。女孩躺在床上，已经昏迷不醒。她的脸色苍白，挂满了汗珠，看起来正在发着高热。那条被截断、只剩一小节的腿已经全部变成了紫色，上面还生了坏疽。苏珊掀开了她的衬衫，看到疮疤蔓延到了腹股沟处。背后，罗纳尔多用颤抖的声音对她说，是因为这三天连绵的大雨他才无法把孩子送到山谷中。他一直在祈祷，希望能听到卡车的声音，夜里的时候，他以为自己的心愿已经实现了，但是随后又看到车大灯没入了山谷里。白夫人能够活下来，已经是上帝的神迹了。但对于女孩来说，一切都已经太晚了。已经两天了，他能感受到孩子已经完全没有了力气。村里的女人一直轮班照顾着小女孩，但是从昨天开始，女孩就再也没有睁开眼睛，也无法进食。他想救她，假若可能的话他甚至愿意献出自己的一条腿。苏珊跪在了那具小小的躯体的旁边。她拿了一条毛巾，先沾湿了水，再把它拧干，轻柔地擦拭着小女孩额头上的汗珠。她在女孩的唇上印下了一个吻，在她的耳边絮絮地轻声说：

"是我，我来救你了，一切都会好的。我本来待在山谷里，突然就很想要见你，然后我就来了。等你好起来我就会讲给你听我们刚刚经历了一段怎样的路程……"

她躺在女孩的旁边，用手指梳理着她黑色的长发，吻了吻她滚烫的脸颊。

"……我想告诉你我爱你，我很想念你。很想很想。在山谷里的时候，我一直都在想你。我本该来得更早，可是暴雨推迟了我们出发的时间。胡安在那里，他也很想见你。我是来找你的，我想带你和我们一起去山谷里住上几天，我想给你看很多很多好玩的东西。我会带你去海边，我要教你游泳，我们可以在海浪中嬉戏。你还没见过大海，大海可是很美的。太阳出来的时候，大海就像一面镜子。然后，我们还可以去远处的森林，那里有很可爱的动物……"

苏珊把孩子搂入怀中，感受着她最后的心跳，感受着她在自己的怀里停止了呼吸。孩子的头渐渐垂了下去，苏珊开始哼一首歌谣，一直到天黑都没有停止。夜晚来临了，胡安走了过来，跪在她的旁边。

"还是把她放开吧，现在，我们得蒙上她的脸，这样她才能上天堂。"

苏珊没有说话。她的眼神空洞，望着天花板。胡安把她扶了起来，挽着她的手臂，把她带到了屋子外面。走到门口的时候，苏珊回头，见已经有一位妇人在帮女孩清理身体了。苏珊靠着墙，任由自己滑到了地上。胡安坐在她的身边，他点燃了一根烟，塞到了苏珊的双唇之间。苏珊却突然剧烈地咳嗽起来。他们一直保持着这个姿势，看着天上闪烁的群星。

"你觉得她是不是已经在那里了？"

"肯定是。"

"我该早点来的。"

"难道您以为来得早就可以改变什么吗？您不明白上帝的意旨。一连两次，他都想把女孩召唤到他的身旁；可是一连两次，人类都挑战了他的意志：阿尔瓦勒把她从洪水中救了出来，而您又带她去做了手术。但是上帝的力量是无可抵御的，他想要她来作陪。"

苏珊的眼中涌出了大颗的泪珠。愤怒和痛苦让她的腹部感到一阵绞痛。罗纳尔多·阿尔瓦勒从房子里出来，走向他们二人。他坐在苏珊身边，苏珊却把脸埋到了膝盖里，突然大声地斥骂道：

"到底要去哪个教堂许愿，才能让上帝终止施加在孩子身上的苦难！如果连他们都要死，我们这个星球上又哪里还有无辜的人！"

阿尔瓦勒一下跳了起来，轻蔑地打量着苏珊。他用愤怒和冰冷的声音说，上帝不可能无所不在，不可能拯救所有的人。但在苏珊看来，这个上帝很久以来就已经忘记了洪都拉斯。

"快点站起来，不要再埋怨自己了。"阿尔瓦勒继续说道，"在山谷里，已经有几百个孩子被埋在砂石下面了，这只不过是一个已经失去一条腿的孤儿。和她的父母一起，总要比在这里幸福一些。您要对上帝谦卑，才能明白他的旨意。这种痛苦不应当属于您，我们的地里已经下了太多的雨，不再需要您的眼泪！如果您无法忍受的话，那就回到您自己的国家去！"

他立即转过了身，高大的背影渐渐远去，消失在了街道的尽头。胡安也走了，只留下了沉默的苏珊。他和阿尔瓦勒选择了同一条路，却在转角的不远处看到了那个男人。他在哭泣。

又是一个充满悲伤的春天，菲利普在和苏珊的通信中度过，这些航空信件不时经过中美洲的上空。

3月的时候，菲利普写信告诉苏珊他很担心，因为纽约的报纸不停地在说尼加拉瓜已经进入了戒严状态，对他来说，那里离苏珊已经很近了。苏珊回信告诉他，苏拉山谷离一切都很远。在他的每一封信里，菲利普都会提到苏珊不在身边让他感到多么难过，他又有多么痛苦；但是在每一封回信里，苏珊都会刻意回避这个话题。菲利普在麦迪逊大道上的一家广告公司里找到了工作。每天早上，他步行穿过SoHo区，再坐上公交车，半个小时后就可以到达办公室。自从他们公司打算参与拉尔夫·劳伦品牌的广告竞标以来，整个团队就进入了一种癫狂的工作状态中。如果能够得到这个机会，这将是菲利普职业生涯中一个美好的开端，他将开始作为一个广告创意人的征程。坐在设计桌旁，菲利普开始想象未来他领导整个团队的情景。和往常一样，他立即被高强度的工作压垮了，每次都是在团队要求之前，他就已经把草图交了上去。

那天早上从菲利普的公寓里逃离后，玛丽给他打过电话，从那之后，他们就开始每周两次在普林斯街和美世街的街角碰面，一起去法纳里餐厅吃晚饭，因为这家店的菜色很是实惠。菲利普每次都用为玛丽提供文章素材做借口，同她谈论苏珊，夸大那些信里的故事。这样的晚间聚会每次都是在烟雾缭绕而又喧闹无比的气氛中结束。晚餐结束的时候，玛丽的眼皮通常已经开始打架，菲利普就会立即结账，步行送玛丽回家。

到了月末的时候，道别的时刻对他们而言已经颇有些尴尬，每次他们的头都会贴在一起，好像要给彼此一个亲吻。可是玛丽总是会立即闪开，消失在公寓的门厅里。菲利普就只好把手插进口袋，走上回家的路，思索着这段实习记者和广告创意人之间的关系到底属于什么性质。

街头，女士们的新装束已经证实了春天的来临。但菲利普没有注意到 4 月的嫩芽，也没有看到 6 月的绿叶，繁重的工作已经让他忘记了一切。7 月 14 日，一道闪电击中了纽约市的两座火力发电站，整个城市的电力都被中断了 24 小时。这场"电力大事故"登上了全世界报纸的头条，甚至还降低了 9 个月后的人口出生率。但是对于菲利普来说，却是必须得点着蜡烛，继续在桌上伏案画草图。

8 月中旬的时候，和朋友们在汉普顿度过为期一周的美好假期之后，玛丽开始担任《时尚 COSMOPOLITAN》杂志的自由撰稿人。

苏珊的飞机离开了迈阿密机场。纽瓦克机场的航站楼正在装修，菲利普在到达口前等待。这次是例外，也不算破坏他们之间关于酒吧桌子的约定。苏珊把背包扔到地上，扑到了菲利普的怀里。他们紧紧地拥抱在一起，很久很久。菲利普牵起了苏珊的手，拿上了她的包，带着她走向酒吧。

"如果我们的桌子已经被占了该怎么办？"

"我会处理的。"

"别走这么快，让我看看你。你变老了！"

"真是个不错的夸奖。谢谢你。"

"我不是这个意思，我觉得你变得更好看了。"

苏珊用手指抚着菲利普的面颊，向他温柔地笑着，拉着他走进了那个满载着属于他们的回忆的地方。菲利普一直在问她这一年过得怎么样,好像这样就能让苏珊忘记有关上次碰面的不愉快回忆。苏珊并没有告诉他冬天的那次惊险之旅,只是向菲利普描述了她的日常生活。菲利普拿起一支笔,在本子上画出了苏珊的面容。

"你的胡安呢?他怎么样了?"

"我正在想你要什么时候挑起这个话题呢。胡安已经离开了。只有上帝才知道我以后还能不能见到他。"

"你们吵架了?"

"没有,不过情况倒是比吵架更复杂。我们之前救过的那个小女孩去世了,从那之后一切都不一样了。好像有什么东西裂掉了,我们都没有办法修复。我们经常怒目相对,好像对方才是罪魁祸首。"

"那天晚上到底发生了什么?"

"天上下了暴雨,公路发生了滑坡,我差点害死了他。"

苏珊并没有告诉他其他的事情。有些故事只属于死难者,哪怕苏珊曾经为他们送去过援助,也同样有义务为他们保守秘密。5 月初的时候,胡安来苏珊的住处找她,背上有一个巨大的帆布包。苏珊问他是不是要去哪里。胡安的眼神澄澈而又骄傲,他告诉苏珊他要离开了。苏珊立刻就意识到自己会想念这位同伴,就像想念每一个曾在她身边而后又突然离开的人一样。她站在门口的台阶上,双手叉着腰,痛骂了胡安一顿,想要掩饰在她心头弥漫的愤怒。可是胡安却什么都没有说,苏珊最后也平静下来了。她把胡安抱在怀里,然后给他做了一顿丰盛的晚餐。

等到最后一个盘子也被放回到柜子里的时候，苏珊在裤子上擦了擦手，转过身看着胡安。胡安站在房子的中间，包就放在他的脚边，表情很是尴尬。苏珊对他微笑，为了缓解他的尴尬，她祝愿胡安旅途愉快，今后可以一切顺利。那一瞬间，胡安忘记了矜持，走到苏珊身边。苏珊双手捧起了他的脸，把双唇印在了他的嘴唇上。第二天一早，胡安就出发了，向着他生命中的下一段旅途。接下来的几个星期里，苏珊一直在和一种悲伤的情绪做斗争，她知道再也没有人可以打开她那扇寂寞的心门了。

"你很想念他？"

"胡安说得对，能依靠的人只有自己。人是自由的动物，依赖是一种荒谬的感情，只会导致痛苦。"

"所以你还是不会留下了！好吧，这次你要待几个小时？"

"菲利普，你不要这么说！"

"为什么不要？你还没有开口，我就已经从你的神情中猜到了这一点，猜到你一个小时之后就要离开，把我接下来一年的人生变成一个省略号，让我等待一年后。我知道你不会留下，看在上帝的面上，我已经做好心理准备了。你打算到什么时候才开始考虑我们的事情，考虑你作为一个正常女性的人生？"

"我才 24 岁，我有的是时间！"

"我正想要跟你说，你在为很多人奉献，但是这并没有减轻你的孤独感。在你的生活里，没有人可以照顾你、保护你，连能给你提供一点肉体慰藉的人都没有。"

"你是怎么知道的？真让人难以置信，我的脸看起来就像没有人爱的吗？"

苏珊不由得叫出声来，菲利普停顿了一下。他抿了抿嘴唇，想要重新开始这段谈话。

"苏珊，我不是这个意思。你用不着大叫。"

"我之所以大叫，是因为你看上去好像是聋了。我不能只为一个人生活，我每天都要养活 300 个人，我不能生小孩，因为我要保证山谷里的 110 个小孩可以生存下去。"

"这么说山谷里又多了 10 个小孩子？上次你还说是 100 个。"

"不是这样的，今年又有 18 个孩子出生，但是我又亲手埋葬了 8 个小生命，所以才变成了 110 个。是不是没有那么好玩了？菲利普，我周围可全部都是孤儿！"

"其实他们很像你，所以你才想和他们待在一起。比起当一个孤儿，你更想当一个妈妈，对不对？"

"你在这儿跟我说这些鬼话，是想对我进行心理分析吗？你究竟能不能理解我每天的生活有多危险？"

服务生走了过来，希望他们可以安静一点。他向菲利普递了一个眼色，把一杯冰激凌放在了苏珊的面前。他操着一口标准的西班牙语，告诉苏珊这是酒吧赠送的，在巧克力酱的外面还有满满的杏仁碎。离开桌子的时候，他向菲利普点了点头，可是菲利普却假装没有看见。

"这个家伙为什么要跟我说西班牙语？"苏珊感到震惊。

"不为什么，他又不打算对你怎么样。拜托你小声一点。"

苏珊压低了声音，嘲弄着菲利普。

"我可不想再被抛弃一次了，我既没有叔叔，也没有阿姨，如果出了什么事情，没有人可以救我。"

"苏珊，你不想和我在一起，这一切只是你的借口，不要说得这么大义凛然！你是在折磨你自己。如果你真的出了什么事情，我一定不会袖手旁观的。你很怕和别人发生什么情感羁绊。苏珊，爱一个人不代表着一定要放弃自由，而是给自由一个意义。"

菲利普不希望这次重逢和上次一样有一个糟糕的结尾，但是他也没法找到其他的话题。他的脑子里满是要对苏珊说的话，但是却什么都说不出来。

"不管怎么样，我的那块圣牌还在保佑你。"

"你的记忆力还真是不错。"

苏珊终于笑了一下，把手伸进毛衣里，拿出了那条项链。

"你想不想去洗手间换个衣服？"苏珊骄傲地问，"跟我讲讲你作为男人的生活？"

菲利普脸红了，他没想到自己在这种情况下，竟然对苏珊的身体产生了渴望。他向苏珊讲述了他工作上最新的进展，还夸大了他在团队中扮演的角色。虽然任命还没有正式公布，但是他在苏珊的眼中已然是一个小团队的负责人，同时负责6个案子。如果他的职业生涯能一直保持这种上升势头，两年之后他就会成为公司的创意总监了。除此之外，他也没什么好说的。但苏珊并没有轻易放过他。

"那个和你一起去电影院的女孩呢？她只在放映厅里看恐怖电影

时才会掐你？还是别的时候也会？"

"那根本不算什么恐怖电影！"

"那就更糟糕了，你甚至连个借口都不愿意替她找。你和她进展到什么地步了？"

"我们根本就没有开始！"

"亲爱的，你听我说，除非你已经变成无性人了，否则在你的生活中一定得发生些什么。"

菲利普也拿同样的话回敬了她。苏珊说她实在太忙了，根本没有时间想这个事情。可是事实上，之前在酒吧的时候，她只和一个男人聊了几次天，就差点跟他上了床，只不过是想找一些肉体上的安慰。菲利普也着重强调了自己的工作有多忙，所以一直处于单身状态。他提到了那些和时尚杂志记者玛丽·高蒂埃·汤逊一同度过的傍晚，说他们每周会见三次面，但他都是只把玛丽送到楼下，什么都没有发生。

"她肯定会想你是不是有生理上的问题。"

"她也什么都没做！"

"看来这个玛丽还真是不错，要不要我们先勇敢地迈出第一步？"

"你是在把我往她的怀里推吗？"

"当然，我也不会太用力，免得把你推倒。"

"苏珊，这样说让你觉得很高兴吗？"

"你的问题很奇怪。"

"苏珊，我知道你在怀疑我和玛丽的关系。但是你的决定实在太草率了。"

"什么决定？"

"你总是在试图不给我们留任何余地。"

"菲利普，那就是另一个话题了。一段爱情故事要想开始，总得有合适的时间，合适的人。"

"你凭什么说现在不是合适的时间？命运已经让我们可以分享很多东西了。"

"你不是想知道我是否想念你吗？答案是肯定的。是不是经常想？其实是每一分每一秒都在想，只要一有时间就会想。我知道这在你看起来很荒谬，但是我知道自己还没有准备好。"

她握住了菲利普的手，把它放在了自己的脸颊上。她闭上双眼，好像在享受这一刻的温存。菲利普希望这个瞬间可以持续得久一点，但是广播里的提示声已经告诉他们分别的时刻又要到了。有几秒钟的时间，苏珊在那里一动不动，就好像没有听到广播在说什么。菲利普做了个手势，苏珊点头表示她已经听到了，她知道该怎么做。她静静地在那里坐了几分钟，双目紧闭，头放在前臂上。接着，她突然坐直了身体，睁开了双眼。他们一起站了起来，菲利普搂住了苏珊的肩膀，用另一只空闲的手拿起了她的包。

"你应该和你那位伟大的时尚记者女友在一起！当然，如果她能配得上你的话。不管怎样，你都不应该一个人。"

"但是我一直都是一个人。"

"别说了，我实在太了解你了，你非常害怕孤独。菲利普，每次想到你在等我，我都会觉得很安心，但同时，我也意识到自己是多么自私。我不知道自己是不是愿意和一个人厮守一生，虽然我很清楚，如果这个人真的存在，那一定是你，但这样对你来说实在太不公平了。你最后会讨厌我的。"

"你说完了没有？你要误机了。"

他们一起向登机口跑去，飞机舱门已经快关闭了。

"偶尔和别的女生调调情，对你也没有坏处。"

"谁告诉你我只是想调调情的？"

苏珊晃了晃她的手指，最后用它指向了菲利普的心口处："是它告诉我的！"她跳到菲利普的身上，亲了亲他的脖子，跑到了登机通道里。最后，她还转过身来，给了他一个飞吻。当她的身影消失时，菲利普喃喃地说："又是一个省略号，一切又要等到一年之后。"

菲利普回到家里，又陷入了对苏珊离去的伤感中。他拿起电话，告诉接线员为他转接玛丽·高蒂埃·汤逊。

夜幕降临的时候，他和玛丽在帝国大厦的脚下见了面。五光十色的霓虹灯给时代广场上的行人笼罩了一层奇幻的色彩。放映厅里，借着昏暗的灯光，伴着《受影响的女人》的情节，他把手放上了玛丽的手臂。2小时后，他们一起去了42号街。穿过第五大道的时候，他牵起了玛丽的手，在人行横道的信号灯变红之前带她快速从停止的车辆前跑过。一辆黄色的计程车把他们送到了SoHo区。在法纳里餐厅，他们分享了同一份沙拉，就卡萨维茨的电影进行了热烈的讨论。在玛丽的公寓楼下，他主动将双唇贴上了玛丽的脸颊，心还在情不自禁地跳动。

Chapter 4

我们都寂寞

"我想，你很爱这个男人，他让你感到一种难
言的忧伤。"

你

Où es-tu

在哪里

　　雨已经下了好几天，一点停止的迹象都没有。每天晚上，从远方吹来的狂风都会预示着山谷将迎来新一轮的暴雨。土质的街道已经被雨水冲出了无数条沟渠，水已经漫到了房屋的脚下，侵蚀着本就不牢固的地基。屋顶上的瓦片已经无法抵御雨水，房间里开始下起小雨。苏珊找了一个仓库，把它当作教室，开始在里面给孩子们上课。他们叫苏珊"老师"，用他们的欢笑和尖叫充实了她的每一个早晨。下午的时候，苏珊总是会开上那辆瓦格尼尔吉普车，它比之前那辆道奇更听话，苏珊用它来为山谷里运送药品、食物，偶尔还有一些需要她帮忙填写的行政文件。严酷的白天之后，迎来的通常是欢快的夜晚。她常会去某家酒吧，和男人们一起喝上一杯啤酒，或是当地特有的卡约酒。洪都拉斯的冬天总是无聊而又漫长，那一年又来得格外早一些，为了应对这种寂寞，苏珊通常会在一位男士身边度过她的夜晚，但这位男士并不总是同一个人。

苏珊：

　　我想和你分享一个好消息，我刚刚完成了第一次广告策划工作。几个星期之后，我所设计的草图将会变成巨幅海报，贴满整个城市。这次是为了给现代艺术博物馆做宣传。等到海报印好之后，我会给你寄一张，这样你就可以不时地想起我。我还会给你寄一本刚出的杂志，上面有我的专访。我好久都没有收到过你的来信了，我知道你一定很忙，可是这并不是你不给我写信的唯一原因。我很想念你，也许我不应该这么直白地告诉你，但是我并不想跟你玩那种欲拒还迎、欲迎还拒的幼稚游戏。

　　我希望明年春天可以去看你，实际上，我应该早点这样计划的。我其实和所有人一样，是一个自私的人。可是我应该去看看那个属于你的世界，了解一下究竟是什么让你决定远离我们的世界，远离我们曾有过共同回忆的地方。还有那个你不在所导致的诡异现象：我每次还是会和玛丽一起出去，但是每次我都是只把她送到楼下，然后就逃也似的溜走了。我也不知道自己为什么要跟你讲这些。是不是因为我潜意识里还是希望能让你嫉妒？也许我应该放弃这个不切实际的幻想。给你写信，可以帮助我早点从这个梦里醒来。

　　也许你明天就回来了，但是我不想在等待中度过我的人生，不想再听你跟我说的那些话，不想再回忆那些和你分离的痛苦时刻。算了，我明年春天还是不要去看你了，这并不是一个好主意，我也许应该和你保持一些距离，尽管我真的很想这样做。最近你的来信越来越少，我想你应该和我有一样的想法。

我亲吻你。

菲利普

PS：早上 7 点钟的时候，我一边吃早饭，一边看了看我昨天写的东西。我还是想给你看看平时那些我写完就扔到垃圾桶里的信究竟是什么样的。

❧

同周遭的事物一样，苏珊也变了。村庄里现在住了 200 户人，大家都开始了崭新的生活，这个小村子也越来越像一个真正的村落。这个冬天，菲利普的来信越来越少，也越来越难回复。苏珊和她的团队一起，在科尔特斯港的一家餐厅里庆祝了新年的到来。那天夜里，天气出乎意料地好，大家都有些微醺，一起来到了海边的防波堤上。当新年的第一缕阳光出现的时候，整个国家都像是获得了新生。港口恢复了繁忙的景象，起重机的吊臂又开始在运送集装箱的大船间忙碌工作。从清晨一直到天光大亮，天空中一直有飞机在飞来飞去，往返于不同的机场之间。所有被飓风摧毁的桥梁都已经得到重建，之前"法夫"带来的破坏几乎已经全部消失——人们是不是已经适应了飓风过后的生活？夜空中的点点繁星兆示明天会是个好天气，来年也会有个好收成。货轮的汽笛声响了起来，已经是午夜了，一辆满载着香蕉的船将开往欧洲。

　　新年前夜，菲利普去了玛丽的公寓。稍后，他们将会一同参加玛丽的杂志社举办的跨年酒会，地点设在一栋临近《纽约时报》大楼的大厦的 33 层。玛丽披着大衣，里面则穿着一件黑色的曳地长裙，她还在肩上披了一块丝质的披肩。两个人的心情都很好，虽然他们还是不时抬手想要拦下一辆出租车，但是也都知道，他们可以一起步行前往时代广场。夜空中星星在发光，天色温柔如水。玛丽静静地微笑着，菲利普则沉浸在对工作的无尽抱怨中，不停地对她说广告这个行业究竟有多么可怕。经过第十五街的路口时，人行道上的红灯让他们停了下来。

　　"我的话是不是太多了？"

　　"我表现出不耐烦了吗？"玛丽回答道。

　　"你很礼貌，肯定不会表现出来的。对不起，但是我已经有一个星期没跟别人好好地说过话了，我的工作实在太忙，甚至没有时间说话。"

他们进入了酒会现场，已经有 300 多人聚集在那里，酒会已经达到高潮。大家都在尽情地享受着食物和美酒，侍应生们走来走去，努力为每一位客人加满酒杯。他们看起来像是一群穿着白色制服的士兵，每次还没能巡视完整个战场，托盘上的酒就已经被敌人洗劫一空。不管是说话，还是倾听，甚至是跳舞，都是一件不可能的事，因为人群实在太密集了。两个小时之后，玛丽举手示意了一下在她身旁几米处，正在同别人说话的菲利普。嘈杂的声音让菲利普听不到玛丽说的任何话，但是她的手指已经清楚地指向了她所感兴趣的方向：出口处。他点了点头，向玛丽示意他已经收到讯号，开始离开会场。15 分钟之后，他们终于来到了更衣室的门口。会场的门关上了，电梯间显得尤为寂静。菲利普按下了下行的按钮，站在中间那部电梯的前面，玛丽却走向了一旁的玻璃窗，看着灯火通明的纽约城。

"你怎么知道会是中间的电梯先上来，而不是左边的或者右边的？"

"我其实并不知道，这只是一个习惯。我喜欢站在中间，这样无论怎样走距离都不会太长。"

话音未落，菲利普头顶那盏电梯提示灯就亮了起来，还伴随着一声清脆的丁零声。

"你看，我猜对了。"

玛丽却没有任何反应，她把前额贴在了面前的玻璃窗上，菲利普离开了电梯门，放任它继续下行，自己则来到玛丽身边。玛丽的视线朝着街道的方向，却把自己的手塞到了菲利普的大手中。

"新年快乐！"她说。

"半小时前我们就已经互相祝福过了！"

"我不是在说这个。去年也是在这个时候，你在人群中发现了我，我们一起穿过拥挤的人群，就和现在一样，只是楼层不同而已。我没有什么可抱怨的，至少我们还上升了33层的高度！"

"你到底想说什么？"

"菲利普，已经一年了。我们每周都要在一起吃三顿晚饭，你给我讲你的故事，我告诉你我的生活。在这四个季节里，我们一起穿过SoHo区的街道，走过东村的道路，看过休北区的每一处街景。我们一起尝试过这附近每一家餐厅的早午餐，一起去酒吧喝酒，到最后你都会送我回家，接着带着尴尬的笑容离去，让我一个人度过整个夜晚。每次看着你的身影消失在街角的时候，我的心都会感到一阵抽痛。现在我已经很清楚该怎样走回家了，你以后可以让我一个人回去。"

"你的意思是我们不要再见面了？"

"菲利普，我对你有感觉，但是可悲的是，你并不知道。你什么时候才能为我想一想，而不只是为你自己打算？如果你认为我们之间的关系并不算是认真的程度，那么是时候画下休止符了。你应该没那么傻吧？"

"我是不是伤害到你了？"

玛丽深深地吸了一口气，抬头看向天花板，又缓缓呼了出来。

"没有，但是你现在正在伤害我！拜托你把那个见鬼的电梯给我叫上来！"

菲利普有些不知所措，但他还是照做了。电梯门很快就开了。

"谢谢你，先生。"玛丽叹了口气，"我几乎快要缺氧了！"

她走了进去，菲利普挡住了电梯门，却不知道要说些什么。

"菲利普，让我走吧。虽然之前你也显得有些白痴，但是我还是喜欢你。现在，你的无知已经变得残酷了。"

她把菲利普推出了电梯，门缓缓合上了。菲利普走到了窗户前，好像要目送玛丽走出这栋大楼。他坐在窗台上，看着下方如蚂蚁般渺小的人群。

⸙

这两个星期，苏珊一直同港口后新建的那家诊疗室的负责人保持着某种关系。她每三天才能同他见一面，因为他们之间的距离尚可称得上是遥远，但是每次相会过后，苏珊总是觉得很幸福，脸上的酒窝也常在不知不觉中显露出来。每次进城，对她来说都是一次"吸氧"的机会。卡车的噪声，灰尘，汽油的味道，街道上的人声，甚至是人们往地上码放东西的声音，都让她陶醉在一种生命的气息中，她将从那个无休止的噩梦中解脱出来。2月伊始，她就已经抛弃了那位负责人，转而和一位洪都拉斯航空公司的飞行员共进晚餐。这位飞行员每天驾驶着一辆双引擎飞机，从特古西加尔巴飞过来。晚上的时候，如果他需要返回圣佩德罗，就会故意从苏珊所在的村庄上空超低空飞过。这时苏珊就会跳上吉普车，开始一场追飞机的游戏，想要用这四个轮子跑赢空中的飞机。

他会在距离城市 20 公里处的机场降落，在那里等着苏珊。他留着胡子，穿一件皮夹克，看起来就像 50 年代的流行偶像。但是苏珊却很享受，觉得自己就像在电影里一样，人应该学着去过放纵式的生活。

清晨的时候，他会再次起飞，苏珊则开着那辆吉普返回村庄。她从来不关驾驶室的窗户，任由路上泥土的气息和松木的清香包围着她。太阳在她的身后升起，偶尔回头，苏珊就会看到车轮带起的一阵尘埃，感觉自己还活着。但当那架红白两色的飞行器第 20 次经过她的屋顶，并且在天际变成一个小黑点时，她突然失去了追逐的冲动，似乎电影也该散场了。

菲利普拿着一束花，摁响了楼下的对讲机。等了几秒，大门就打开了。他很惊讶，但还是沿着那陈旧的楼梯爬上了 3 层，木制的阶梯在他的脚下嘎吱作响。他摁响了门铃，那扇老式的蓝色木门立即打开了。

"你在等什么人吗？"

"没有啊，为什么这么说？"

"我在楼下摁对讲机时，你都没有问是谁。"

"在纽约，恐怕没有人会像你一样，摁对讲机只摁一下了！"

"你说得对。"

"你在说什么？"

"我说你那天说得很对。我的确是个无可救药的蠢货。你是个很好的女孩，聪明、幽默、漂亮。你让我感到很幸福，可是我之前一直听而不闻，视而不见。"

"菲利普，我不知道该如何回应你的赞美！"

"我想说的是，不能和你聊天，这让我难过；不能和你共进晚餐，我也不再有任何胃口。已经两个星期了，我一直像个傻瓜一样看着电话。"

"因为你本来就是个傻瓜！"

为了不让玛丽继续说下去，菲利普用一种最简单的方式堵住了她的嘴：他吻上了玛丽的唇，用舌头探进了她的唇齿间。他把玫瑰扔在了楼梯间里，搂着玛丽进了公寓的里间。

很久之后，玛丽的手才从半掩的门里伸了出来，捡起了被抛弃在门外的花束。

临时学校的事情让苏珊越来越忙碌，她的班级里已经有63个学生，这都得益于负责招生同事的努力和孩子们对学习的兴趣。学生们大部分都在6岁到13岁之间，因此苏珊要制订一份多样性的学习计划，来确保孩子们第二天仍然愿意到学校来。苏珊的午餐向来都是到下午才吃，唯一的食物就是一块玉米饼，和她共进午餐的则是她的同事桑德拉。桑德拉是她赶到圣佩德罗港找来的，经过苏珊的苦苦哀求，她才没有登上那架红白相间的离港飞机。当时，苏珊在一个充当航站楼的房间里等桑德拉，飞机虽然还停留在地面上，机长却只关闭了一个螺旋桨，从头到尾都没有离开过驾驶舱。

桑德拉是个年轻漂亮的姑娘。刚来的时候，她还没有住处，就住在了苏珊的屋子里，预计会住上几天，也可能是一两周……某天早晨，她们分享了一天中的第一杯咖啡，苏珊上下打量着她，眼神中充满了疑问。

"我建议你好好保持个人卫生。这里又热又湿，你脸上很快就会冒痘。"

"我从来都不出汗。"

"你当然会出汗，亲爱的。和所有人一样，你总会出汗，你要相信我。比如说，你是要帮我往那辆四驱吉普车上装物资的。今天下午，我们得发下去15袋面粉。"

桑德拉在裤子上擦了擦手，走向了仓库，苏珊跟在她身后。到了仓库门口，苏珊惊讶地发现门竟然是开着的，就立刻越过桑德拉跑了进去，开始仔细察看，脸上满是愤怒。

"见鬼！见鬼！真是见鬼了！"

"到底怎么了？"桑德拉问道。

"有人偷了我们的物资。"

"偷了很多吗？"

"我也不知道，可能有二三十袋。我们可能得做个盘点了。"

"这时候盘点有什么用呢，又没办法把货物要回来。"

"当然会有用处，因为是我让你这样做的，而且我是这里的负责人。我需要写一份报告！看来必须得写了！"

"冷静一点，你发火也没有用的。"

"桑德拉，你不要再说了。我才是这里的负责人，除非我们的上下级关系反转，你最好还是把你的评论放在心里。"

桑德拉抓起苏珊的胳膊，把脸贴近了她的脸，额头上有青筋暴起。

"我不喜欢你跟我说话的方式，也不喜欢你这个人。我认为，这里是一个人道主义救援组织，而不是一个军事基地，如果你把自己当成一个军人的话，你还是自己去数物资吧。"

她转身离去，苏珊对她叫嚷，让她留下来，可是完全没有任何用处，桑德拉没有给她任何反应。有几个村民围了过来，苏珊立即挥舞手臂，示意他们离开这个地方。男人们都耸了耸肩，而女人们则彼此交换了几个不悦的眼神。苏珊捡起了掉在地上的两袋面粉，把它们重新放到货架上。那天她一直忙到了晚上，虽努力压制着自己的眼泪，可还是忍不住哭了起来。等到冷静下来之后，她坐在仓库门前的石头台阶上，背靠着墙壁，冰冷的墙面吸走了她身上所有的温暖，这种冷冷的感觉一直蔓延到了她的胸膛里。苏珊用脚尖在地上写下了"菲"字，看了看，又抬脚擦掉；接着又写了"胡"字，却没有继续写下去，只是喃喃地说道："胡安，你为什么要离开呢？"等她回到家的时候，桑德拉已经搬出去了。

1978年2月12日

苏珊：

这是一场真正的战争，一场你从来没有见过的战役，一个用雪球做武器的战役。我知道你经常拿我们美国的风暴来取笑，认为它们都不是什么真正的风暴。但是这场雪已经下了3天，我一直都被困在家里。整个城市都瘫痪了，真的变成了银装素裹的样子，积雪的高度甚至已经到达了汽车的车顶。今天早上，第一道阳光射入纽约城的时候，小孩、大人，甚至是老人，都去人行道上抢占有利位置，这才有了我刚刚用第一句话描述的场景。一会儿出门采购生活用品的时候，恐怕就要冒些风险了。外面真是极冷，但纽约城也称得上是极美。你已经很久没给我写信了。你什么时候才能回来？这次你能不能至少待上两三天？今年开年算是一切顺利，看起来会有个好年景。公司的领导们对我的工作很满意。你现在肯定都认不出我了，除非今天的工作需要我一直忙到凌晨——当然这也是经常发生的事情——否则我晚上一定会去酒吧之类的地方找点乐子。跟你谈论我的工作好像是一件很奇怪的事情，因为之前我们两个人并没有共同面对过成人的世界，之前也都没意识到这一点。也许有一天我们会坐在一起，谈论我们的孩子，还有你们的孩子，直到那时才会意识到自己已经为人父母。读到这里的时候，千万不要做鬼脸，我可是在这里看着你呢！我虽然说"我们的孩子"，并不是想要区分我的孩子和你的孩子，这只是一种表达的方式，我当然也可以写"我们的孙子孙女们"，但那样的话，你肯定会反驳说你才不可能这么长寿，可以一直活到能当别人祖母的年纪！你总是这么悲观！不管怎么样，时间都在急速向前，我倒是觉得春天即将到来是件好事，它至少象征着你快要回来了。我向你保证，今年我一定不会再和你争执了，我一定会好好倾听你要说的话，我们可以一起分享那个美好的重逢时刻。你要知道，我每年都像期待圣诞节一样期待夏天。在等待这个美好的季节来临之时，我深深地亲吻你。

菲利普

情人节的时候，菲利普带着玛丽来到了长途客运站。他们坐上了33路长途车，从曼哈顿来到了蒙特克莱，车程大约1小时。他们在格罗夫街和亚历山大大道的交汇处下了车，步行穿过这座城市。菲利普向玛丽讲解着每条街道，每个场所都带有他哪些青少年时期的记忆。

他们经过了菲利普小时候居住的房子，玛丽问他有没有想念过已经搬到加利福尼亚州的父母；但菲利普并没有回答。隔壁的房屋里，那间曾经属于苏珊的房子正亮着灯，也许有另外一个小女孩在里面复习功课。

"这是她原来的房子？"玛丽问。

"是的，不过你是怎么猜到的？"

"只要看看你的目光就知道了，好像是去了一个很远的地方。"

"因为这已经是很久之前的事情了。"

"菲利普，也许还没有那么久。"

"好吧，现在我已经回来了……"

"你们的过去实在太沉重，以致我经常觉得我们之间并没有未来。我不幻想自己能得到一份完美的爱情，但是不想总在担忧中生活，更不希望你活在对过去的缅怀中。"

菲利普试图终止这段对话，他问玛丽愿不愿意以后来这里生活。玛丽笑了起来，说以后如果要生两个以上的孩子，倒是愿意离开纽约到外省居住。菲利普回答道，在这个城市的山丘顶上，就可以看到曼哈顿的灯火，这里离那儿不过只是半小时的车程。但是对玛丽来说，看到一座城市和在那里生活毕竟是完全不同的事情。她之前选择主修新闻专业，并不是为了以后到一个乡村小城来生活，虽然它可能离纽约很近。不管怎么说，他们二人都离退休还有很长的时间。

"但是在这里，花上相同的房租，你就能找到一所带有花园的独栋别墅，你呼吸着新鲜的空气，还可以去纽约上班。这样你就能得到所有的好处了。"菲利普继续说。

"菲利普，你到底在说些什么？你是在为我们的未来做打算？可是你不是一直都是拒绝做决定的吗？"

"不要再讽刺我了。"

"你还真是缺乏幽默感。我很高兴，你平时对今天晚上去哪里吃饭这种问题都会感到选择困难，但现在却问我愿不愿意和你一起搬到外省居住。天哪，这真是一个巨大的进步！"

"只有傻瓜才从来都不会改变主意。"

他们走到了市中心，菲利普带玛丽去吃晚餐。玛丽坐下来的时候，抓住了菲利普的手。

"所以你是可以改变主意的，是吗？"玛丽问道。

"今天是个特殊的日子，好像是个节日。你就不能换个话题吗？"

"菲利普，你说得对。这是个特殊的日子，你却把我带到了那个让你魂牵梦萦的女孩的窗下。"

"你在想的事情就是这个？"

"不，菲利普，我正在想你。"

"今晚我可是和你在一起，而不是她。"

"我正在想今后我们要一同度过的每一天晚上。"

15 天之后，在一个距离纽约几千公里的地方，有另一个男人和另一个女人正在共进晚餐。仓库被窃事件一直没得到解决。现在那两扇大门总是被一条铁链锁着，只有苏珊才有钥匙，这也让团队内部其他同事对她不满。柔德拉一直对她满怀敌意，还不断地挑战苏珊的权威，苏珊甚至不得不威胁她，要给华盛顿总部去信，将她遣返回美国。幸好团队里还有一名叫梅拉尼的医生，她平时在科尔特斯港工作。是她一直在努力安抚大家的情绪，在她的帮助下，团队内部的矛盾才暂时得以缓和。托马斯，就是那个和苏珊有过一段短暂恋爱关系的诊所负责人，以工作问题为借口，要求苏珊去他的工作场所。

苏珊傍晚的时候来到了城里，一直在楼外等着他。最后，托马斯才从里面走了出来，脱下了白色的隔离衣，把它扔在了吉普车的后座上。他在港口旁一家餐厅的露天平台定了位置。他们就在桌边坐了下来，在看菜单之前，托马斯先点了两杯啤酒。

"你那边工作进展得怎么样？"苏珊首先发问。

"还是老样子，没有设备，人手不足，工作量过大，整个团队都很疲累。还是那样吧。你呢？"

"我？我那边的好处和坏处，都是团队里没有太多的人。"

"你希望我给你派点人过去吗？"

"你这个问题好像跟你刚刚说过的话自相矛盾啊。"

"你有权利感到厌烦，苏珊。你有权利觉得累，也有权利从这里离开。"

"就是为了跟我说这些蠢话，你才邀请我到这里吃晚饭吗？"

　　"首先，并不是我要请你来的……这几个星期以来，所有人都觉
得你的状态不是很好。你变得很有攻击性，村落的居民对你的评价也
越来越消极。我们在这里，并不是要让人们讨厌我们，你也许应该控
制一下情绪。"

　　服务生给他们端上来两份哥斯达黎加粽子，苏珊剥开了包在外
面的香蕉叶，把里面裹着猪肉馅的玉米粉取了出来。托马斯在自己
的那份上倒了很多辣椒酱，然后另叫了两杯萨尔瓦维托，也是当地
的一种啤酒。太阳落山已经是两个小时之前的事情了，天上悬挂着
一轮满月，正四处播撒清辉。苏珊转过头去，看着海面上倒映的
月影。

　　"对于你们这些男人来说，人是没有犯错的权利的。"

　　"是的，尤其对于医生来说，无论是男医生还是女医生都没有犯
错的权利。虽然你是团队的领导者，可也只不过是链条上的一环。如
果你绷不住了，整个链条都会断掉的！"

　　"对不起，刚才我看到了一架飞机，走神了。对我来说不可接受
的是，他们自称是来帮助难民的，可是却总是在互相争斗！"

　　"苏珊，我不喜欢你说话的方式。你说那是'他们'。我们医院
这边也是这样，不同的人之间也会有矛盾。你怎么知道我没有遇到过
同样的问题？"

　　托马斯拿起桌上的餐纸，想擦一擦手指。苏珊握住了他的食指，
把它放到了自己的嘴唇上，用唇齿吮吸着，眼神里满是魅惑。等到托
马斯的手指被清理干净之后，她才松开。

"不要再对我做思想教育了，放过我吧。"苏珊微笑着说。

"苏珊，你变了。"

"今晚让我去你那里过夜吧，我不想晚上还要赶路回去。"

托马斯在桌上留下了晚饭的钱。他们在海边的防波堤上并肩走着，苏珊拉起托马斯的手环在自己的腰上，接着把头靠在了他的肩膀上。

"我感觉自己现在要被孤独淹没了。在我的人生中还是头一次有这种感觉，我似乎没办法战胜这种孤独了。"

"回家吧。"

"你不希望我在你那儿过夜吗？"

"我不是说今天晚上，而是说你的人生。你应该回国。"

"我不会放弃的。"

"离开并不意味着放弃。离开其实是一种保全，让你之前的成绩能够为别人所铭记，但如果你坚持不走，之前的成绩也会变成过错。"

汽车的引擎发动起来了，吐出了一股黑色的烟雾。托马斯开了车前的大灯，灯光射在墙上，形成一道白色的光柱。

"你需要清空自己，不然你现在为之努力的一切迟早会毁在你手上。"

"不用你担心，我已经习惯了，所有的一切都会毁在我的手上！"

苏珊斜躺在副驾驶座上，把腿伸向窗外。除了发动机的轰鸣声外，驾驶室里没有任何声音。一直到托马斯把吉普车停在他住的房子前，苏珊都没有动过。

"你还记得小时候做过的梦吗？"苏珊问道。

"小时候？昨天晚上做过的梦就已经够让我难受了。"托马斯回答道。

"不是，你误会我的意思了，我不是说具体的梦，而是你孩提时的梦想，比如说，你想成为一个什么样的人？"

"这个我倒还记得，我想成为一名医生，后来却在这个小诊所里当上了一个行政方面的负责人。这或许离我的目标也不算很远，但也没能够正中靶心。"

"我小时候想当个画家，用彩色的画笔描绘整个世界；菲利普想当消防员，可以拯救别人的生命。结果他成了个广告策划人，我倒在一个人道主义组织里做了个救援人员。好像我们把什么东西弄错了。"

"这并不是你们唯一弄错的东西。"

"你想说什么？"

"谈到他的时候，你的表情总是满满的眷恋和不舍。我对这件事已经没有任何怀疑了。"

"你不再怀疑什么？"

"不再怀疑你们之间的感情！我想，你很爱这个男人，他让你感到一种难言的忧伤。"

"走吧，我们还是去你家吧。我有点冷了。"

"为什么你在帮助别人的时候那么勇敢，可是一到自己身上就缺乏勇气？"

第二天清晨，苏珊离开了托马斯的家，没有发出一点声音。

整个3月都过得飞快。每天下班以后，菲利普就会去找玛丽。他总是在她家过夜，这样可以让他在上班路上节省10分钟的时间。周末的时候，他们就会到菲利普的小窝里来，菲利普还给自己的公寓改了个名字，叫它"乡下别墅"。4月开始的几天，纽约城刮起了北风，温度猛然降了下来。树木还没有发出新芽，只有日历上的数字标示着初春的来临。

很快玛丽就被任命为杂志的正式记者，她觉得是时候寻找一个新的住所了，她和菲利普想要一个新的地方来安顿他们共同的人生。她很快开始关注各种各样的招租广告，希望在曼哈顿中城找到一个套间公寓。那儿的房租应该也会便宜，他们上班也能更方便。

在大部分的时间里，苏珊都待在那辆吉普车方向盘的后面。她经过了一个又一个的村庄，四处分发农耕用种粮和一些基本食品。有的时候，如果白天赶路的时间过长，她晚上就无法回到住所。渐渐地，她养成了长途旅行的习惯，常常一离开就是五六天，从山谷的一头一直行进到另一头。有两次，她甚至还碰到了隐迹于山中的武装游击队员，之前她可从来没有在国境线这么远的地方看到过他们。对她而言，4月真是一个漫长的月份，连她的身体都开始流露出一些疲惫的迹象。她总是失眠，被迫去酒吧之类的地方找乐子来度过漫漫长夜；相应地，第二天一早，她就会觉得更加痛苦。有一天，她在那辆吉普车上装满了玉米，迎着已经升上天顶的太阳上了路，准备去看望阿尔瓦勒。下午三四点钟，她就抵达了那个村庄。物资被一一卸了下来，车泊在了村口，他们在阿尔瓦勒的家里一起用晚餐。阿尔瓦勒觉得苏珊的脸色很不好，建议她到山里来疗养几天。苏珊答应他会考虑考虑，但并没有同意当天就在村子里过夜，傍晚时分就开始启程返回山谷。快到家时，苏珊觉得自己根本无法成眠，索性一脚油门，直接开过了家门口，去了一家还在营业的小酒馆。

　　进门之后，苏珊用力抖了抖牛仔裤和毛衣，扬起了一阵尘土。她叫了一份双倍浓度的甘蔗酒。柜台后的酒保仔细打量了她，接着拿起了原本放在她面前的酒瓶，换上了一个锡壶。

　　"你还是自己倒吧。幸好你不是个平胸，而且还留着长头发，不然我都要把你当成男人了。"

　　"你说这话是什么意思。"

　　酒保俯下身来，在她耳边轻轻说了什么。话很简洁，却有某种会心的意味：

"你身边总是跟着男人，却不是同一个。这儿的人已经开始谈论你了。"

"那些人说了什么？"

"白皮肤小姐，不要用这种语气跟我说话。我是为了你好，才大声地跟你说那些别人小声谈论的事情。"

"当然了，如果你露着那话儿在街上走，你就是个会撩妹的汉子；但要是我露出半截胸脯，我就肯定是个荡妇。你知道的，要是一个女人想让男人跟她睡，她只需要是个女人就行了。"

"不要攻击村里的那些女人了，我就想跟你说这个。"

"对于她们中间的很多人来说，心脏现在还能够保持跳动，都是因为我在旁边惹着她们。既然这样，我为什么不能说些什么？"

"并没有人求着你来帮我们，也没人让你送来什么救援物资。如果你不想在这儿待了，就回到你自己的地方去。看看你自己吧，人不人鬼不鬼的。每次想到你就是孩子们的老师，我就会怀疑你到底教了他们些什么。"

系着围裙的酒保最后扬了扬手，示意自己言尽于此，因为苏珊那种要杀人的眼神似乎让他明白了自己的话有些过分。他拿起瓶子放回架子上，背对着苏珊告诉她说这杯酒他请了。为了避免尴尬，他还大声笑了几下，但是等到他转过身来的时候，却发现苏珊已经离开了。酒吧外面，苏珊趴在栏杆上，吐出了胃里所有的东西。然后，她蜷缩在地上，努力调匀呼吸。回家的路上，她握着方向盘，仰头望着天空，想看看天上的星星，但这个动作却让她感觉到一阵头晕，只好放弃。她只觉得很累很累，就拖着疲惫的脚步踏上了房门前的台阶。

1978 年 5 月 10 日

菲利普：

　　这个冬天我们都没有怎么写信。人生中总是有些时刻比其他时候更艰难。我想知道你的近况，想知道你过得怎么样，有没有很幸福。我把你寄来的海报贴在了床头，上面有曼哈顿的夜景，这还是我们当时一起在蒙特克莱的山上看到的。有的时候，我会特别仔细地研究上面的景物，想着是不是能看到属于你的窗灯。你肯定正在画草图，用手指梳着你那略有些卷曲的头发，就跟以前一样，你还会啃着笔头，你是个很少会改变自己的人。每次看到我们童年时的照片，我都会莫名地有些感动。我真是个奇怪的人。我很想你，但是却不愿意承认。你能理解吗？有的时候爱一个人，却不敢靠近他，只是想逃离。我觉得自己好像是老了。

　　半夜的时候，我被房子周围的噪声吵醒，就再也无法入眠。我觉得冷，又觉得热，我每天早晨都在昨天尚未得到解决的焦虑中醒来。天气很好，我可以向你描绘我周围的每一幅图景，向你讲述我生活中的每一分钟，只是为了让你还能记得我。今年我会早一点回去看你，大概 6 月中旬就会回去。我已经迫不及待地想要看你了。我有很重要的事情要告诉你，我想对你说，我做了一个对我的未来很重要的决定。另外，你一定要好好照顾自己。向你致以我全部的温柔，吻你。

苏珊

6月2日

苏珊：

我很怀念你的声音。你还像以前一样喜欢唱歌吗？你的信里似乎笼罩着一种悲伤的情绪。夏天已经到了，咖啡馆的露天平台上坐满了人。我很快就要搬家了，要搬到曼哈顿的中城去。纽约的堵车状况越来越严重了，搬家之后我上班也可以省些力气。你知道的，在这里，半个小时的时间就可能有着等同于钻石的价值。所有人都很忙碌，如果你在人行道上停下来，就可能要冒着被其他行人踩死的风险。我经常在想，这些看起来没有什么能够阻挡的人到底要去向何方。从这个角度来看，你愿意留在洪都拉斯也是有道理的，至少那里的空气中还有着清新的香味。你的生活应该很美好，我很希望你能跟我讲一讲。我的工作特别特别忙，但是还是有些好消息想要告诉你。你说要跟我说一件很重要的事情，到底是什么事情？我还像以前一样在机场等你。我们很快相见。

亲吻你。

菲利普

Chapter 5
苏珊的选择

　　苏珊小心地折起了那封信，把它放到了衬衣贴身的口袋里。她抬头看向天空，紧抿的嘴唇有些发白。

　　东方航空的那架波音 727 于早上 10 点离开了特古西加尔巴机场，这比预定时间晚了 2 小时，因为当地的气候状况实在称不上理想。在航站楼里，苏珊一直在焦虑地看着天，却发现有一片乌云离他们越来越近。空姐打开了那面通往登机口的玻璃门，苏珊跟着一群旅客冒着大雨，排队进入了机舱。飞机已经准备起飞，机长把引擎开到了最大功率，以防止飞机被侧方刮来的大风吹离轨道。滑行轮已经离开地面，飞机的机头抬了起来，开始穿过云层向空中攀行。苏珊系着安全带坐在座椅上，感受着气流剧烈的颠簸；那种颤动感远比她把吉普车开到最高速度时所感受到的要剧烈。飞机转向了西南方，他们飞过了山区的上空，风暴更加猛烈了。一道闪电击中了机身，10 点 23 分时，机上所载的黑匣子记录下了副机长所播报的信息：二号引擎已经停止了工作，飞机在不停地下降。一阵剧烈的眩晕感击中了苏珊，她开始有反胃的感觉，不得不把手放在了小腹处。飞机还在继续下落。在经过漫长的 3 分钟之后，机组成员才终于让引擎恢复了工作，飞机再次开始攀升。在接下来的旅途中，整个机舱里只充斥着绝对的宁静，像是危险过后的一种必然反应。

在迈阿密转机期间，苏珊一直在跑，以便不要错过下一班的飞机。转机通道里满是赶路的行人，她的背包也很重，再次涌来的眩晕感让她不由得停下了脚步。她重新调整了呼吸，慢慢向登机口走去，可是已经太晚了。她只得眼睁睁地看着飞机升上了天空。

菲利普在一辆开往纽瓦克机场的公交车上，坐着看窗外的风景。他的腿上放着一个线圈笔记本。坐在他旁边的女孩子看着他用铅笔画了一个女性的人物素描。

苏珊搭乘了 2 小时后的一班飞机。旅途中，那种莫名其妙的反胃感一直伴随着她。她合上了面前的小桌板，尝试着弯下了腰。

❧

和往常一样，临近午时的酒吧大堂里并没有什么客人。只有少数要去别处参会的商务人士或者要出发度假的人。菲利普坐在他们的桌子旁边。午饭后，酒吧再次安静下来，下午的服务生也赶来换班。新来的酒保立刻认出了菲利普，跟他打了个招呼。菲利普坐在他的对面，一边跟他聊着天，一边画着酒吧内景的素描图，这已经是第六张同一题材的素描了，还不算他贴在公寓里的那份。画完之后，他把素描画向酒保展示了一下，接着酒保就脱下了他的白色制服，把衣服递给了菲利普。菲利普脸上挂着得逞的微笑，穿上了制服。他们互相交换了位置，酒保到对面的圆凳上坐下，惬意地抽着烟，听菲利普跟他讲这一年来的经历。

在这几小时里，靠窗的一个位子被两个客人占住了，菲利普并没有看到，苏珊的飞机已经在晚上 9 点到港。

"你是怎么能每次都占到这张桌子的？"

"因为你在第一次离开的时候，告诉我要在这张桌子旁重逢。当然，这也和我过人的天分有关。我本来以为你会坐上一班飞机到的。

其实我也觉得奇怪，每次来的时候，这个桌子都没有人坐。"

"大家都知道这是属于我们的桌子。"

"我们是先聊一聊最近的身体情况，还是最近的心理状况？"

"这一年我是变了很多吗？"

"没有，你只是有些风尘仆仆，仅此而已。"

服务生把那杯充满仪式感的冰激凌放在了他们的桌子上，苏珊笑了笑，却把它往外推了推。

"你看起来气色不错，跟我讲讲这一年的经历吧。"

"你不吃吗？"

"我有点反胃，这真是一次地狱般的旅途，我当时害怕极了，飞机有一个引擎都已经停止工作了。"

"然后呢？"菲利普连忙问道，满脸都是担忧。

"你也看到了，我不是好端端地在这里吗？后来引擎又恢复工作了。"

"你还想吃点别的东西吗？"

"不用了，我什么都不想吃。你今年没有给我写太多信。"

"你写得也不多。"

"但我这样做是有原因的。"

"什么原因？"

"我也不知道。你总是说我不管做任何事情，都能立刻找到原因，现在我就在思考呢。"

"原因？当时我用的词应该是借口。怎么了？发生什么事了？"

　　"没什么，一切都很好。你的工作怎么样？"

　　"如果按照现在的趋势发展下去，我很快就可以成为公司合伙人了。今年我们接到了一些不错的案子，我可能会得到一笔不菲的奖金。这个月出版的时尚杂志里，有 3 个大广告的创意都是我负责的。甚至还有一个法国的奢侈品牌和我联系。他们说只愿意和我接洽，这样让我在公司里的地位越来越高了。"

　　"太好了，我很为你骄傲。你看起来就很幸福。"

　　"但是苏珊，你看起来却很疲惫，是不是病了？"

　　"没有，菲利普，我向你保证，我身上连条寄生虫都没有。对了，我突然想起来了，现在你有没有女朋友？"

　　"好吧，你又开始了。我现在有个女朋友，她叫玛丽。"

　　"对了，的确是这个名字，我之前忘记了。"

　　"不要一脸的不屑。我和她在一起很开心。我们喜欢看同一类的书，爱吃同一种东西，爱看同一种题材的电影，我们甚至还有了共同的朋友。"

　　苏珊的脸上浮现出一丝苦涩的微笑。

　　"这很好啊，你们的关系也算是有社会基础了。多么令人振奋的消息！"

　　她挑了挑眉毛，把自己的脸靠近了菲利普的脸，好像要专注听他说话，但是表情里却有点嘲讽的意味。

　　"苏珊，我知道你在想些什么。我和玛丽的感情也许称不上强烈，但至少不会伤到我。我不用每天都心如刀割，想着我的爱人不在我的身边，因为我知道晚上她会在家里等我。我也不用一下午都看着电话，想着是等她打给我还是我要先主动联系她。我不用担心选择餐厅的问题，也不用发愁第二天穿什么衣服，也不会害怕因为一句话惹怒她。和她在一起，我不会在早晨感觉到痛苦，因为每天在她身边醒来时，我会看到她就躺在我的身边。我不用活在等待中，而是可以活在当下。她爱我，爱的就是我现在的状态。我们的爱并不是剧烈如火，但却是处于一种很舒服的状态。玛丽和我分享她每天的生活，我们的关系已经有了实质的形态，它的确是存在的。"

"好吧，不用再继续了，我不想再听了。"

"我说这些并不是想要责备你。"

"如果你哪天想要结婚，一定要告诉我。你一直说你没有在刻意寻找一个女朋友，结果就和玛丽发展到了这个地步。我想象不到，如果你要刻意去找，得找到一个什么样的。你已经说了很多关于她的事情了，还有别的吗？"

菲利普低下了头，没有看到刚刚自己说有意愿娶玛丽时，苏珊眼中涌动的情绪。苏珊搓了搓手掌，仿佛这样就能掩饰她的难过。

"我很替你高兴，虽然想到要和别人分享你，我的确有些难过，但我真的很开心。"

"你呢？有什么新鲜事吗？"

"没有，什么都没有。还是老样子，当然这也是个自相矛盾的事情。在你们看来，那边所有的事物都算是奇特，但是对我来说那些都只是日常而已。徘徊在生存和死亡之间，要养活一些人，就是这样。

什么事情都要靠我自己解决。你知道的，我没能赶上之前的那班飞机，半个小时后的那个航班就是今天飞往华盛顿的最后一班了，我已经办完了行李托运。"

　　"不要跟我撒谎。你从来都只带这一个包，你不留下来住一晚吗？"

　　"不用了，我明早 7 点在那边有个约会。"

　　菲利普准备去收款台结账。起身的时候，他看着那杯半融化的冰激凌，发现里面各种颜色已经混在一起，杏仁碎也早被泡软了。他搂住了苏珊的肩膀，和她一起向登机口走去。

　　"苏珊，你确定你还好吗？"

　　"我还好，只是有点累罢了。好了，不要再说了，不然我就得在镜子前面站上 2 个小时，看看自己到底有什么地方不妥了。"

　　"你不是在信里说你有很重要的事情要告诉我吗？"

　　"我想不起来了，菲利普。可能事情也没有那么重要，总之我完全记不起当时到底要说什么了。"

　　苏珊把机票递给了登机口的空姐，转身抱住了菲利普。她吻上了他的嘴唇。随后，她一言未发，就走进了登机通道。菲利普目送着她，突然喊道：

　　"这是最后一次登机的机会！"

　　苏珊立即停住了脚步，缓慢地转过身来。她的脸上有着一丝暧昧不明的微笑。她慢慢走向了菲利普。在距离他几米远的地方，她生气地叫了起来：

　　"你究竟是什么意思？什么叫'最后一次登机的机会'？"

"你很清楚的，苏珊！"

空姐已经试图要阻止苏珊，不让她跨过登机柜台的那条隔离线，但是苏珊却给了她一个充满威慑力的眼神。苏珊把脸贴在菲利普的脸上，在他耳边说：

"老伙计，你很清楚我会怎么对待这'最后一次登机的机会'。是你在冒险，而不是我！去结婚吧，如果你愿意的话，你还可以和她生个孩子。但是如果哪一天我决定放弃现在的生活，决定回到你的身边，我一定可以再找到你的，哪怕你躲在厕所里！到时候是你要离婚，可不是我！"

她抓住了菲利普的脖子，在他的唇上狠狠地亲了下去，用舌头拨动着他的舌头。之后，她又用同样大的力气推开了菲利普，不发一言就转身走上了登机通道。走到通道尽头时，她大喊了一声：

"真的是最后一次登机的机会了！"

洪都拉斯的邻国尼加拉瓜发生了动乱，整个国家都陷入了恐慌。居民们纷纷开始担心，武装分子会不会越过国境线，各式各样的谣言也开始流传。这个中美洲最穷的国家再也经不起任何一场天灾人祸了。幸好"和平护卫队"组织并没有要撤离的迹象，这让大家略略放下心来。如果真有什么大事要发生，至少华盛顿方面会立即组织这些救援人员回国。洪都拉斯的冬天又开始了，带着破坏力一如既往的强悍的大雨。所有那些还未来得及修缮或加固的房屋都再次被风雨摧毁。苏珊的身体感到越来越疲惫，她只得咬牙坚持。她的健康状况尚算不错，但心情却好像进入了漫长的雨季。

～✦～

　　11 月中旬时，菲利普带着玛丽去马萨葡萄园岛过周末。一次黄昏时的漫步把他们带到了海边，那时鲸鱼正在成群地从海中游过。他们坐在海边的沙滩上，静静地欣赏着这造物的奇景。夜晚降临了，越来越多的黑云聚集在他们的头顶，他们决定立即返回居住的旅馆。

～✦～

　　电闪雷鸣中，苏珊躺在家里，孤身一人，久久不能成眠。
　　3 个星期之后，也就是 12 月初的时候，尼加拉瓜解除了戒严状态，整个国家都松了一口气。

～✦～

　　圣诞节到了，菲利普和玛丽去了巴西度假。在一万米的高空上，菲利普的眼睛紧贴着飞机的舷窗，努力寻找着一段他从未亲眼见到过的海岸线。飞机的下方，云海之下，苏珊的房子就在某一处地方。她躺在床上度过了圣诞节的前夜，还有接下来的 20 多个日夜。

　　　　　　　　　　　　✵

　　阳光随着 2 月一同到来。苏珊的心情也好了许多。8 天前，她就可以下床走动了，现在她的身体状态也终于恢复了，双颊又有了神采。她的那种"疲惫的毛病"，就像村里人说的那样，也大有起色。村民们开始负责保管仓库，他们的妻子帮苏珊给孩子们上课，孩子们也参与其中，承担了之前由苏珊负责的分发物品的工作。所有的人都焕发了工作热情，同苏珊的关系也颇有改善。苏珊走在村庄的主街上，在诊所门口的时候，她碰到了邮差，从他手里拿到了一封信。邮戳日期是 1 月 30 日，也就是说，这封漂洋过海的信足足过了 2 个星期才到苏珊的手中。

苏珊:

　　我刚从里约热内卢回国。旅途中，我曾经两次飞过你的头顶。我就在幻想，是不是刚好从你屋子的上方飞过，是不是我再用心一些，就能看到你屋门前的台阶。我到底是怎么了，竟然从来没有去那里看望过你。也许是因为我觉得不应该去，或者是我不想去，甚至是因为我没有勇气。你离我这么远，却又那么近，你是第一个让我有这种感觉的人（我甚至想写 "第一个让我有这种感觉的家人"）。苏珊，我要结婚了，圣诞前夜的时候我跟玛丽求婚了。

　　婚礼的日子定在 7 月 2 号，地点在蒙特克莱的教堂里，我求你了，来参加我的婚礼好吗? 这是 6 个月之后的事情，你应该可以想办法安排一下，这次我不希望你找原因，更不希望你找借口。来吧，我需要你在我身边，你对我来说是最珍贵的存在，我相信你。我吻你，我也爱你。

菲利普

　　苏珊小心地折起了那封信，把它放到了衬衣贴身的口袋里。她抬头看向天空，紧抿的嘴唇有些发白。她继续在街上走着，以一种缓慢的脚步走进了学校。

の

已经不知道是第几次了，苏珊在她的柜子里翻寻，想看看要带哪件衬衣和裙子去蒙特克莱；而菲利普那里，已经是导购向他推荐的第20 款衬衫了。

苏珊锁上了她的房门；菲利普也离开了成衣店，他拿着一个大箱子，里面是他结婚当天要穿的礼服。

一个农民把苏珊送到了附近的机场，这样她可以搭乘小飞机去特古西加尔巴。飞机翅膀上的红白色喷漆已经完全看不清了，磅礴的大雨模糊了所有事物的轮廓；菲利普的伴郎名叫乔纳森，是他公司里的同事，今天由他开车送菲利普去理发。

透过飞机的舷窗，苏珊注视着远处的一条河流；透过别克车的玻璃窗，菲利普看着在蒙特克莱街上行走的人们。

在教堂里，他紧张地检查每一个细节，希望所有人都向他保证明天会一切顺利；在特古西加尔巴的航站楼里，苏珊不停地徘徊，等待着那班飞往佛罗里达、已经晚点 4 个小时的飞机可以起飞的消息。

根据传统，菲利普不能和玛丽一起度过新婚前的最后一个夜晚，乔纳森把他安置在了一家宾馆里，菲利普的父母给他定了一个套间；

苏珊终于登上了飞机，飞机开始穿过云层。

飞机上，苏珊吃着一份飞机餐；为了明天可以起个大早，菲利普躺在床上，随便吃了些什么。

苏珊到达了迈阿密，躺在了东方航空候机厅的长椅上，用手缠着她那个卡其色背包的带子；菲利普关上了灯，躺在床上试图入睡；第二段航程的飞机已经起飞，苏珊在飞机上睡着了。

清早的时候，苏珊走进了机场的盥洗室，站在那面大镜子前。她用水冲了下脸，开始整理头发；菲利普在镜子前刷着牙，刮了刮胡子，再用手指理了理头发。

苏珊最后看了看镜子中的自己，却不由得抿了抿嘴唇，似乎对自己的形象有所不满；菲利普离开了房间，朝电梯走了过去。

苏珊走向咖啡厅，叫了一杯咖啡；菲利普下了楼，发现他的朋友们已经在餐厅里吃自助早餐了。

10 点，菲利普回到房间，想要进行最后的准备；苏珊把登机牌递给了空姐。

"飞机上有没有理发店？"

"对不起，您在说什么？"

"您看看我，我下了飞机之后就要去参加婚礼了，如果我以现在这个样子出现，他们会把我当成服务人员的。"

"小姐，麻烦您不要停在这里，整个队伍的行进速度都变慢了。"

苏珊耸了耸肩，走进了登机通道里；菲利普从衣柜中拿出一个衣架，取下了上面的保护罩，里面是他的燕尾服。他又从一个白色的纸箱里拿出了他的衬衫，并仔细展开；苏珊坐在了她的位置上，脸贴着舷窗。

菲利普把所有要穿的衣服都摊开放在了床上，接着走进了浴室；苏珊站起身来，朝机尾走去。

菲利普在找剃须刀，把一些剃须泡沫涂在了胡须上，再用食指摸了摸嘴唇，对着镜中的自己吐了吐舌头；厕所里，苏珊用手指摸了摸眼皮，打开了化妆包，开始化妆。机上广播里已经传来声音，说客机即将在纽瓦克机场降落。苏珊看了看表，她已经迟到了；菲利普已经在证婚人的簇拥下登上了等在宾馆门前的黑色加长轿车。

行李传送带上，苏珊的大旅行包被送了出来，她立刻把它背在肩上，朝着出口的方向走去；菲利普已经到了教堂前的广场上，握着朋友的手走上了石制的台阶。

苏珊经过了那家酒吧，她转过头来，眼睛已经湿润了，只是定定地看着那个窗边的餐桌；菲利普已经走过了教堂的大门，看着穹顶下教堂的中殿。

他以一种缓慢的脚步向前走去，目光来回梭巡着，像是在宾客中找寻什么人，但是他并没有看到苏珊；苏珊在路旁拦下了一辆出租车，把行李包放在出租车的后备厢里。15分钟后她就能到达蒙特克莱。

管风琴奏起了音乐，所有的宾客都转身看向了教堂的大门。玛丽挽着她父亲的手臂，出现在大门旁半透明的光影下。她缓缓地向祭坛走去，面部轮廓安静平和。她同菲利普注视着彼此，好像有一条看不见的线把他们的目光连接了起来。教堂大门关上了。当玛丽走到他身边的时候，菲利普最后一次看向了宾客席，想找到一张直到现在也没有出现的面孔。

　　一辆黄色的出租车停在了教堂前空无一人的广场上。不知道是不是存在一种魔法，每当在举行婚礼或者葬礼的时候，人行道上总是会空无一人。这趟漫长的旅行耗尽了苏珊全部的精神，在走上台阶的时候，她甚至觉得无法保持站立的姿势。她轻轻推开了侧边的门，走进了室内，把她的旅行包放在了一个雕像的脚边。她看到了那对在圣坛上相对而立的新人，悄悄地从宾客的左边走了过去，每走过一根柱子她都会停留一下。等到她走到宾客席的中间位置时，唱诗班突然暂停了一下，好留给大家静思的时间。她被迫停下了脚步，只好静静地看着会场。稍后，牧师重新开始了婚礼仪式，苏珊也继续向前走。她一直走到了最后一根柱子的后面，在那里，她可以看到菲利普的身影，但只能看到玛丽的背面和婚纱华丽的拖尾。等当神父宣布他们正式结为夫妻的时候，苏珊的眼中已经噙满了泪水。她安静地向后退去，一边走还一边拿着放在长椅上的教堂传单。她把这些讲述圣天使加百利神迹的材料都塞到了包里，接着坐上了一辆出租车。在她断断续续的哭声中，有这样一句话依稀可辨，这正是刚刚神父在婚礼上说过的句子：“如果有人有正当理由来反对这场婚礼，那么请他立即提出反对的理由，否则就请他永远保持沉默……”

　　计程车开了出去。

❧

苏珊坐在飞机上，在面前的小桌板上写下了这封信。

1979 年 7 月 2 日

我亲爱的菲利普：

我没能去参加你的婚礼，我能想象你得有多么生气。这一次，我既没有理由，也没有借口，我向你保证。我做了所有的努力，想要去参加你的婚礼，可是在最后的时刻，一场突如其来的暴雨逼迫我放弃了整个计划。在你的婚礼仪式上，我的心一直与你同在。你穿着燕尾服的样子一定很帅，而且我也确定你的妻子会很美，如果她不够漂亮的话，又怎么能嫁给你呢？我闭着双眼，陪着你一步一步地经历着这些神圣的时刻。我知道，从今以后，你会过得很幸福，只要知道你幸福，我也会很开心。

我决定接受总部刚刚派给我的职位。这个周五，我就会出发前往山区，准备筹建一个新的接待中心。在接下来的几个月里，我恐怕没时间经常给你写信，而且我居住的地方离美国这种文明世界真的很远很远，甚至都没有邮政系统，收信也会是一件困难的事情。你明白的，我很乐意接受这个新的挑战，我会带着村庄里所有人的怀念，带着胡安给我建的房子里满满的回忆，走向新的援助任务。到那里，所有的一切都会从零开始，但是我想这恰恰代表了大家对我的信任，还有对我工作能力的肯定。

　　我亲爱的菲利普，祝你生活幸福。虽然我已经离开你很久了，也离你很远，但是我一直都深深地爱着你，并且将会永远爱着你。

苏珊

　　PS：不要忘记我在机场跟你说过的话。

Chapter 6

初识

那是玛丽第一次看到她。她带着她的红色气球，
在清晨昏暗的光线下，时光仿佛都静止了。

你　在哪里
Où es-tu

雨一直下着，在屋顶汇聚成数条小溪。屋顶下方，菲利普正就着一盏小灯的光线，修改设计稿的草图。与之前的每个周末一样，菲利普都在努力赶着本周工作落下的进度。他按照阿尔岗金族印第安人的风格装饰了书桌，把书架固定在了右边的墙上，左首放了两把做旧风格的皮质椅子，椅子中间是一张桦木材质的独脚圆桌，还有一盏铸铁材质的落地灯。房间的正中处，天窗漏进来一些自然的微光，下面就是他的工作台，一个白色的、木质的、巨大的立方体，面积大到足以在旁边坐下6个人。偶尔，他也会抬起头来，看着临街的窗户，大风吹过，窗上的玻璃也会有些颤动。

在继续画图之前，他转头看了看书架上相框中的苏珊。他的婚礼已经过去很久了。桌子的正中间摆放着一个老式的木盒，里面是他和苏珊的全部信件。盒子上有锁，钥匙一直摆在盖子上。他们已经有多少年没有给彼此写过信了？7年，8年，还是9年？房间的一角，有楼梯可以通向下面的卧房，天光已经渐渐变暗，他看不清下面的情景。房子的入口处是白色的木质楼梯，将房子的底层划分成了两个生活空间。玛丽一整天都坐在美式开放厨房里的餐桌旁边，慢慢地翻阅一本杂志，思绪早就飘到了远方。她偶尔会透过活动门看看他们5岁的儿子：托马斯正忙着玩游戏；她又把目光移到了炉灶上方的挂钟。已经是下午6点了，她合上了杂志，站起身来，围着餐桌转了一圈，开始准备晚餐。半个小时之后，菲利普从工作间里走了下来，和每天晚上一样，他开始帮助玛丽摆放餐具，接着亲了儿子，坐在餐桌旁他们的固定位置上。托马斯有很多的话要说，他一直在评论最近电视节目里的那两个外星人。

吃过饭之后，菲利普又跟托马斯提起想要教他下国际象棋的事，可是小男孩却认为这是一件很蠢的事情：棋子只能沿着对角线向前走。对于一个对抗类的游戏来说，最有意思的事情不就是让所有的士兵一拥而上，攻占对方的堡垒吗？菲利普的尝试最后还是以失败告终，父子俩只好打了一局扑克牌。稍晚一些的时候，小男孩终于有些困了，菲利普给他讲了睡前故事，然后跟他的太太说了晚安，重新回到了工作室里。"我还是想再工作一会儿，这样明天就能多陪陪你们了。"他笑着对玛丽解释自己还不休息的原因。他一会儿就会来找她，那时她应当已经在睡梦中，等待着他的拥抱。

一直到第二天清晨，雨都没有停，湿漉漉的人行道反射着清晨昏暗的光线。托马斯起床了，他走到了客厅，玛丽听到了楼梯发出的吱嘎声响。她穿上了昨晚被她落在床尾处的浴袍。门铃声响的时候，托马斯正好走下了最后一级楼梯。他立即去转门把手,想要开门。

"汤姆*,我已经跟你说过无数遍了,不要碰门!"

托马斯听到了玛丽说的话,转过身来,看着自己的妈妈。玛丽走下了楼梯,把儿子护在了自己的身后,然后打开了门。门外,有一个女人穿着一套深蓝色的西服裙,表情严肃,站得笔直,和这个秋季周日清晨的肃杀气氛倒是显得分外和谐。

玛丽挑了挑眉毛,每次她做这个表情的时候,托马斯都会哈哈大笑,菲利普也会不由得微笑。这是她的标志性表情,用来表示惊讶。

"请问这是诺尔顿先生的家吗?"陌生女人问玛丽。

"也是诺尔顿太太的家。"

"我需要见见您的先生,我的名字是……"

"一个周日的早晨,来得甚至比送奶工还要早,再也没有比这个更自然的事了!"

那个女人并没有坚持做完自我介绍,也没有为她的不请自来而道歉。她只是坚持要尽快见菲利普一面。玛丽想要知道,她到底有什么理由要在这么早的时间拜访,毁掉菲利普每周仅有一次的懒觉时间。

"我需要见他",这句话并不能成为一个充分的理由,于是玛丽用冰冷的语气建议她换个合适的时间再来。

女人快速地用目光扫了一下他们停在房子前面的车,再次重复了她的要求。

---

* 译者注:汤姆是托马斯的爱称。

"我知道对您来说，这个时间还太早，但是我们已经坐了一整夜的飞机了，回程的航班在几个小时之后就会起飞。我们没法再等了。"

随着她的目光，玛丽也注意到了她身后的那辆车。一个肥胖的男人坐在方向盘后面，车的副驾上好像还坐着另外一个女人，把脸贴在车窗上。但是车子离玛丽太远了，即使她眯起眼睛，也无法辨认车上乘客的轮廓。她只是感觉到她们的目光似乎有所交汇。就是这几秒钟的走神，那位不速之客就抓住了机会，提高了声音，声嘶力竭地叫着菲利普。玛丽立刻在她面前关上了房门。

"出什么事了？"

菲利普出现在了楼梯上方，把玛丽吓了一跳。

"我不知道，有一个疯女人要找你，"玛丽生气地说，"还不愿意承认自己是你的前女友。不过也许还有另一个前女友正在停在你家门前的那辆车里等着你！"

"我完全听不懂你在说什么。托马斯在哪里？"菲利普还处于半梦半醒的状态，迷迷糊糊地走下了楼梯。

"在参议院呢！他今天早上要做个演讲！"

菲利普从玛丽面前走过，在她的额头上印下一个吻，打开了房门。那个女人还留在原地，没有移动哪怕一毫米的距离。

"很抱歉这样把您吵醒，可是我真的需要跟您谈谈。"

"请说吧。"菲利普冷冰冰地回答道。

"我们需要一个私密空间！"女人补充道。

"在我太太面前就是私密空间。"

“我得到了一些非常明确的指示。”

“关于什么的指示？”

“‘私密谈话’就是这些指示的内容之一。”

菲利普给了玛丽一个询问的眼神。玛丽对他挑了挑眉毛，叫托马斯立刻来吃早饭，然后就转身去了厨房。菲利普让那位穿蓝色衣服的太太进了客厅，她关上了身后的滑动门，脱下了外衣，坐在了沙发上。

菲利普一直没有出现。玛丽已经收拾起了早餐的餐具，看着挂钟里不停摆动的钟摆。她把碗放进水槽，向客厅走去，下定决心要终止这场没有尽头的谈话。当她走到楼梯的下方时，客厅的门刚好开了，菲利普先走了出来，玛丽想要走进客厅，但是菲利普用手势制止了她。那个女人向玛丽点了点头，就走到门廊里等着菲利普。菲利普飞快地跑上了楼，很快又跑了下来，穿着一条帆布的裤子，还有一件粗针织的毛衣。他跑过了他惊讶的妻子旁边，甚至没顾上看她一眼。快要出门的时候，他转过身来，告诉玛丽不要乱走，就在门厅这里等他。玛丽从来没有见过菲利普这样独断专行的一面。

那个一直坐在司机右边的女人下了车。菲利普站住了，一直在打量着她。那个女人却避开了他的眼神，打开了后车门，坐到了后面的座椅上。菲利普立刻围着车绕了一周，又坐到了她的旁边。天空中飘起了小雨。玛丽没法看到车内的情景，也没办法摆脱心中不停滋长的焦虑。

“见鬼，他们到底在干些什么？”

“你在说谁？”托马斯答道，眼睛甚至都没有离开电视屏幕。

"你爸爸。"玛丽小声说。

但是托马斯的注意力已经完全被游戏吸引住了，他根本没有注意到母亲说的话。如果只看手部动作的话，能看出菲利普非常激动。他们神秘的谈话一直没有结束，玛丽在想是不是应该添上几件衣服，好到房子外面去找他们，菲利普却突然打开了车门。他有一半身子被车子挡住了，只是向这边挥了挥手，看起来像是个道别的手势。玛丽几乎不敢相信自己的眼睛，直到看见丈夫又重新坐到了车里，她觉得自己再也无法忍受这种心理折磨。

"汤姆，立即去把你的望远镜找来。"

看着母亲严肃的表情，托马斯立刻意识到现在不是讨价还价的时候。他按下了游戏手柄上的暂停键，连忙爬上了楼梯。他把玩具箱里所有的东西都倒在地上，从中找出了望远镜，还有些他妈妈根本想不到的、使用望远镜时的必备配件。几分钟之后，带着头盔，穿着作战服，系着绿色武装带的小男孩出现在了玛丽的身后，伸出右手给她敬了一个礼。

"我准备好了。"他的站姿就像一个真正的军人。

玛丽却根本没有注意到儿子的那一身行头，只是立即从他手里拿过了那副望远镜。望远镜的变焦倍数不大，镜片上也有不少污渍，并没能帮助她看清车内发生的事情。她只能模糊地看到被另一个女人挡住大部分身影的丈夫。他身子前倾，好像要把头放在膝盖上。最后，玛丽的焦虑感还是战胜了理智，她走到了房前的草坪上，双手掐着腰。车的引擎开始启动，玛丽也感受到了自己狂乱的心跳。车门开了，菲利普再次出现在雨中；她只能看到他的头，因为他的身子依然被车子挡住了。他往后退了一步，向车里挥了挥手；车子就发动起来，缓缓离去。玛丽看着菲利普失魂落魄地站在街道中间，完全不在意落在他身上的雨滴。

玛丽完全无法理解她所看到的一切。

菲利普的右手里，还牵着一只小手。小手主人的另一只手里抓着一个背包，看起来并不重。

那是玛丽第一次看到她。她带着她的红色气球，在清晨昏暗的光线下，时光仿佛都静止了。黑色的头发垂在肩上，雨滴打在她那混血儿特有的肌肤上。她身上的衣服似乎不太合身，让她颇有些不自在。

隆隆的雷声已经响起，他们正慢慢地穿过街道。等他们走到房子门前的时候，玛丽本想立刻问个明白，但是菲利普却低下了头，好像要掩藏起他的悲伤。

"我向你介绍，丽莎，苏珊的女儿。"

在他们房子的大门前，一个 9 岁的小女孩打量着玛丽。

"她妈妈已经死了。"

Chapter 7

戒备

　　他还是能感觉到，他们四个人渐渐分成了两个
阵营，一边是他和丽莎，一边是玛丽和托马斯。

玛丽后退了一步，让他们进了屋子。看到他们进来，托马斯立刻双脚并拢，站了个标准的军姿。玛丽看着菲利普。

"我好像错过了什么精彩的东西。但是你会给我做个概述的吧？"

菲利普的喉咙好像哽住了，完全说不出话来。他只是把一个信封递给了玛丽，接着就一步未停地带孩子上楼换了衣服。玛丽看着他们消失在走廊里，开始试着在这封信里寻找答案。

我亲爱的菲利普：

当你看到这封信的时候，我可能已经遭遇意外。我的脾气实在太坏了，以至于我一直没能放下骄傲，把这件事情告诉你。但是到最后，我还是听了你的话，把这个孩子留了下来，虽然我并不知道她的父亲是谁。不要评价我，这里的生活和纽约的日子完全不同，你根本无法想象在这里生活会有多么艰难。有的时候，为了寻求慰藉，我开始找些过路的男人，好把自己从绝望中拯救出来。我觉得自己被全世界抛弃了，开始担心即将到来的死亡，也很愚蠢地担心自己会孤独终老。就是为了对抗这些情绪，我开始从别的男人的体温中寻找安慰，以便让我觉得自己还活着。在我的生活中，几乎每天都能触碰到死亡，那让我倍感孤独。我每天都跟自己说，在这种严酷的现实中，不要过于相信生活的温情，可是当我的腹部真正隆起的时候，我还是选择了相信你的承诺。孕育丽莎，这个可爱的小生命，让我觉得自己仿佛是溺水的人突然能够呼吸，感受到了生命原始的悸动。就像你看到的那样，母亲的天性最终战胜了我的理智。你还记得在纽瓦克机场对我许下的承诺吗？你说，如果我发生了什么事情，你一定会陪在我身边。我亲爱的菲利普，等到你看到这几行字的时候，肯定已经有事情发生在了我身上！我相信你，我选择把丽莎生下来，就是因为坚信即使我不在了，你也会替我照顾好她，完成我对她应尽的责任。抱歉，把这么一个烂摊子丢给你，我甚至都不认识玛丽，但是通过你对她的描述，我想她应该会足够慷慨和宽容，会去真心地爱丽莎。丽莎是个野性未驯的小女孩，她人生的头几年并不幸福。请你收养她，给她很多很多的爱，替我弥补她在母爱上的缺失。现在我把她交给你了，希望有一天你能告诉她，她的妈妈一直活在你的心里。菲利普，我很想念你。我亲吻你。从这个世界上，我能带走的只有我生命中最美好的回忆，其中有丽莎的眼神，还有我们年少的时光。

苏珊

　　玛丽把信揉成了一团，似乎只要这样做，就能对抗她心中对收养丽莎的抗拒。她看了看自己的儿子，托马斯还在旁边保持着标准的军姿。她努力挤出了一个微笑，对他说："解散！"托马斯立刻做了个向右转，跑去别的地方玩了。

　　玛丽坐到了餐桌旁边。她不时看向窗外，又看看她手中已经被揉皱的信件。菲利普一个人走下了楼。

　　"我让丽莎洗了个澡。她说不想吃东西，想直接睡觉，毕竟昨天坐了一夜的飞机。我想就随她去吧，她现在住在客房里。"

　　玛丽一直保持着沉默。菲利普站了起来，打开了冰箱，给自己倒了一杯橙汁，想通过这些简单的动作来平复自己的情绪。玛丽还是什么都没有说，只是一直盯着菲利普。

　　"我们没的选择，我总不能把她交给社会福利机构吧？我想这个孩子已经够可怜了，还被抛弃了。"

　　"她是被抛弃的吗？"玛丽不无讽刺地问道。

　　"她的妈妈已经死了，又没有爸爸。这跟被抛弃有什么区别？"

　　"也就是说，你要一个人勇敢地承担起这个责任？"

　　"玛丽，当然是和你一起承担！"

　　"为什么不呢？我花了这么多的时间，这么多的日子，这么多个周末，这么多个夜晚来等你。我像一个傻瓜一样放弃了我作为记者的事业，来照顾你的房子和你的儿子。我成了你的贤内助，为什么我不能继续这样蠢下去呢？"

"你觉得你的生活里全部都是牺牲吗？"

"我不想继续这个话题，一直到现在，我之所以还能忍受，是因为现在的生活是我自己选择的。但是如果你替我收养了这个女孩，我就连选择的权利都没有了。"

"我只是希望你可以和我一起进行这场冒险。"

"在你看来，这是一场冒险吗？已经两年了，我一直都恳求你和我开始一场新的冒险，那就是再生一个孩子。但是你呢？你只是说时机不对，我们还没有足够的钱。你从来没有在乎过我的感受。我们的关系已经越来越不平等了，完全是由你来主导。我需要适应你的时间，满足你的愿望，替你排忧解难，照顾你的情绪，现在还要替你养别人的孩子！说吧，你还希望我做些什么？"

菲利普没有回答。他搓着手指，定定地看着自己的妻子。玛丽的面容已经完全扭曲变形，眼角尚不明显的鱼尾纹也开始出现。她算是保养得宜，这些细纹之所以出现，应该是她已在哭泣的边缘。在眼泪滑出眼眶之前，她立即用手背擦掉了眼眶周围的雾气。

"怎么会这样？"

"她在山里去世了，在一次飓风登陆的时候……"

"我不想知道这些，这跟我根本就没有关系。我想问的是，你怎么可以做出这个荒唐的承诺？你怎么可以从来不跟我提这件事？你整天把苏珊挂在嘴边，总是说苏珊怎么样了，苏珊又怎么样了。有的时候我都有种错觉，认为只要拉开浴室的壁橱，你的苏珊就会出现在我面前。"

　　菲利普努力让自己的声调平静下来。他对玛丽解释说，这个承诺是因为 10 年前的一次谈话。因为苏珊的事情他们起了争执，当时说那番话也只是在做假设。之所以从来没跟玛丽提起这件事情，是因为他自己也已经忘记了，他根本没有想到这种情况真的会出现，也不会预见到苏珊会生一个孩子。最近这几年，他们的通信次数已经越来越少，但苏珊从未说到过她有一个女儿。当然，最让人意想不到的事情是苏珊居然已经离开了人世。

　　"那你希望我怎么说？"

　　"怎么说？跟谁说？"

　　"跟其他人，跟我的朋友，跟城里的邻居。"

　　"你觉得这是问题的关键吗？"

　　"对我来说，这是要面临的众多问题中的一个。你当然可以完全不在乎我的社交生活，但这是我花了足足 5 年的时间才建起的人际网络，你在其中可没帮过任何忙。"

　　"你就告诉他们，如果他们的心灵没有宽容到可以接受这种情况的地步，那他们每周日去教堂做弥撒也没有任何用处。"

　　"好吧，反正你也不会管的。你还是会在楼上忙你那没完没了的工作，可是我的生活就会完全改变！"

　　"不会比我们再要一个孩子对你的改变更多的。"

　　"不是随便哪一个孩子，这不是我们的孩子！"

玛丽猛地站起身来。

"好了，我也要睡觉了！"她一面叫喊，一面跑上了楼梯。

"但现在是早上9点！"

"那又怎么样？今天就没有一件事是正常的，我也想疯狂一把！"

上到2楼之后，她步履沉重地向卧室方向走去，又突然在走廊中间停了下来，转过了身，犹豫了一下，最终推开了丽莎睡的那间客房的门。她的动作很轻，开门的过程中也没有发出任何声音。可是丽莎的眼睛是睁开的，她看着玛丽，一言未发。玛丽只好给了她一个尴尬的微笑，重新关上了门。她走进了自己的卧室，躺在床上，双拳紧握，看着天花板。菲利普走到了床边，坐了下来，握住了玛丽的手。

"对不起，我希望你能明白我有多的抱歉。"

"不，你一点都不会觉得抱歉。你没能得到过她的妈妈，现在拥有她女儿也不错！真正感到抱歉的是我，我对妈妈和女儿都不感兴趣。"

"玛丽，今天你没有权利这么说。"

"菲利普，哪怕是今天，我也不认为任何人有权利阻止我这么说。已经两年了，你一直在回避那个问题，逃避我们的家庭生活，用的借口就是你那些没完没了的工作！现在你的苏珊二话不说，就把女儿送到了我们的家里来，你可没有因此叫苦叫累！你可以不怕麻烦，可这些本应该只是你的问题，而不是我的。"

"玛丽，苏珊已经走了，她走之前我什么都没能为她做。你可以不理解我的悲伤，可是不要这样对待一个孩子，见鬼！那只是一个孩子！"

　　玛丽坐起身来，声音中有一股无力的愤怒感，她在发抖："你的苏珊让我感觉糟透了！"菲利普把目光移向窗边，回避着妻子的眼睛。"看着我！我希望你至少有直视我的勇气！"

　　丽莎躺在客房里，菲利普和玛丽争吵的声音不可避免地钻进了她的耳朵，她不由得把被子裹紧，将头埋在了枕头里。她把头埋得如此之深，头发看起来像是已经融化在枕套上一样。他们争吵的音量当然比不上那些暴风雨，但是这两种声音都能唤醒丽莎内心最深处的恐惧。她甚至想屏住呼吸，但也知道这是不可能的事情，这2个星期以来，她已经试过很多次了。她的腹部感觉到了一阵抽痛，于是就死死地咬住了自己的舌头，就像以前妈妈教她的一样："只要你能尝到嘴里鲜血的味道，那就证明你还活着。每当你遇到危险的时候，你只需要考虑一件事情，那就是不要放弃，不要退缩，坚持活着。"温热的血液已经流进了她的喉咙里，她把所有的注意力都用来感知血液的温度，试着放空自己。但她还是能透过走廊听到菲利普的话，每段话之间通常有长时间的沉默。每次玛丽发火的时候，她都会把头埋得更深，就好像这些话会把她带到另一个世界一样；每次他们再次爆发争执的时候，她都会更努力地闭上眼睛，直到闭到自己眼冒金星。

　　然后，她听到隔壁房间门被撞上的声音，又听到一个男人下楼的脚步声。

　　菲利普来到了客厅里，坐在沙发上，把手肘撑在膝盖上，用手托着头。托马斯等了几分钟，然后打破了沉默：

"你要和我玩一局吗？"

"对不起亲爱的，现在不行。"

"女孩子们呢？她们在哪里？"

"她们在各自的房间里。"

"你很难过吗？"

菲利普没有回答。托马斯坐在地毯上，耸了耸肩，继续玩着他手里的游戏。大人们的世界太奇怪了。菲利普坐在了他的身后，搂住了他。

"一切都会好的。"他轻轻地说。

他拿起了一个游戏手柄。

"说吧，你想在哪个游戏里大败一场？"

然而，事实上在第一个拐弯处，托马斯的兰博基尼就把他爸爸的丰田挤到了路边的壕沟里。

快到中午的时候，玛丽从楼上走了下来。她一言未发，就走到了厨房里，打开冰箱开始准备午饭。他们三人一起吃了顿沉默的午餐。丽莎已经睡着了。托马斯终于开口问道：

"她会留下来吗？她要是变成了我的姐姐，我可不愿意！毕竟我才是这个家里的第一个孩子。"

听到这句话，玛丽手中的沙拉碗一时没有拿住，摔在了地上。她又打量了一下她的丈夫，可是菲利普并没有回答儿子的话。托马斯看着撒了一地的生菜叶子，倒是觉得很有趣，他大声地嚼着手里的玉米棒，转向自己的妈妈说道：

"不过……其实那样也不错！"

菲利普从椅子上站了起来，开始收拾地上的玻璃碎片。

"你是觉得什么还不错？"他问儿子。

"我一直想要个兄弟姐妹，不过我不希望他一直哭哭啼啼，半夜把我吵醒，尿不湿的气味也够难闻的！现在她的年纪已经很大了，应该不会跟我抢玩具……还有，她的皮肤颜色真好看，学校里的同学一定会嫉妒的……"

"好了，我想我们已经明白你的意思了！"玛丽打断了托马斯的话。

雨下得更大了，看来要组织一场周日的外出活动是不可能了。玛丽还是一直沉默着，给自己做了一个三明治。她拿了一块面包心，在上面涂上了蛋黄酱，放了些生菜，还有一片火腿。不过后来她犹豫了一下，把生菜换成了鸡肉，然后在上面又盖了一片面包。她把三明治放在碟子里，用保鲜膜盖上，接着放进了冰箱。

"如果她起床之后觉得饿的话，冰箱里有吃的东西。"她说。

"你要出门吗？"托马斯问。

"我要去我的朋友乔安娜那里喝下午茶，不过我会回来帮你洗澡的。"

玛丽很快就上了楼，准备换衣服。出门的时候，她吻了吻自己的儿子，看着站在楼梯上的菲利普。在接下来的半天里，就像每个秋日的午后一样，时间平静地流淌，只有窗外越来越黯淡的天光昭示着光阴的流逝。快5点的时候，玛丽回来了，她开始帮汤姆洗澡。一直到晚饭时，丽莎都没有起床。

　　玛丽今天用了很长的时间来洗漱，她一直等到菲利普睡下才来到床边。走到卧室的门口，她关了灯，躺在了床的边缘处。菲利普犹豫了几分钟，最终打破了沉默。

　　"你把所有的事都告诉乔安娜了？"

　　"是的，你要是想知道的话，我全部都说了。"

　　"她跟你说了什么？"

　　"你希望她跟我说什么？说这件事有多可怕吗？"

　　"对！就是这个词，说有多可怕！"

　　"菲利普，她只是跟我聊了聊现在发生在我身上的事情，让我睡觉吧。"

　　菲利普之前并没有关掉走廊上的灯，就是为了让丽莎起床后可以很方便地找到洗手间。凌晨 3 点的时候，丽莎的眼睛睁开了，她看起来就像那种眼睛会随动作而睁开闭合的布娃娃。她看了看昏暗的房间，努力回想自己现在是在哪里。窗外的树枝正在风的吹拂下不停晃动，就像一个人一直在挥舞着长长的手臂。有几丛树叶一直拍在窗户玻璃上，仿佛在试图甩掉之前所沾染的雨水。丽莎下了床，走到了走廊里，又轻轻地走下了楼梯。她拿出了之前玛丽放进冰箱的那个碟子，掀开保鲜膜的一角，闻了闻那个三明治，接着就把它放回到隔板上了。

　　她抽出了三明治其中的两块面包，从水果篮里拿出一根香蕉，用叉子压扁，又撒了很多红糖。她小心地把做好的香蕉泥抹在了面包上，大口地吃起了这个全新的三明治。接着她又把所有的东西放回了原位，由于她并不知道有洗碗机的存在，就开始用手洗水槽里所有的东西。

出去的时候，她转身看了厨房最后一眼，然后重新睡到了床上。

　　8 天过去了，这 8 天的时间向玛丽勾勒了一个新世界的轮廓，当然这个世界不再是完全属于她的。幸好之前丽莎出生的时候，苏珊曾向当地领事馆申报，所以丽莎的美国国籍并没有受到质疑。在经过了一系列漫长的行政手续之后，政府部门终于承认了苏珊那封信的真实性，把它当作苏珊正式向菲利普移交抚养权的证据。丽莎，1979 年 1 月 29 日出生于苏拉山山谷，母亲为苏珊・简森，生父未知，美国公民，这一切都被正式记录在了美国政府的档案里。虽然苏珊的同事们在从洪都拉斯出发之前，已经很有先见之明地在当地的领事馆里为这封信进行了公证，但菲利普和丽莎还是花去了周一整个白天的时间，在各个行政机构的接待窗口前来来去去。他们穿过了很多走廊，登上了无数级白色大理石砌成的楼梯，走进了一间四壁贴着木制装饰的宽敞大厅，看起来就好像苏珊之前跟丽莎讲过的总统居住的白宫一样。刚开始的时候，丽莎有点害怕，因为苏珊一直跟她说这种地方是很危险的，里面到处都是军人和警察。苏珊还说过她永远都不想带丽莎去这种地方。但是后来丽莎发现，住在这里的"总统"似乎也没什么地位，他的住处只有在进门处才有两个卫兵，他们会要求访客把包过安检，就像在机场一样。为了打发时间，丽莎开始数她脚下的地板到底是由多少块大理石铺成的。她还没有数完，接待处的人就已经为菲利普指明了方向，让他从另一个铺着红黑色地毯的楼梯上楼。他们从一个办公室走到另一个办公室，每到一个地方就会拿上一些不同颜色的材料，然后再到一个新的窗口排队。"这是一个寻宝游戏，很复杂的，专门为大人们设计的。"菲利普对丽莎说。这句话里唯一不太令人信服的地方，就是那些设计这个游戏的人的表情，坐在窗口后面的办事人员看起来并没有乐在其中。每次只要菲利普提交了正确的材料，那些人就会给他盖上一个章，再给他一份新的调查问卷，让他到下一个办公室去。于是菲利普和丽莎就需要进入下一个走廊，或者是同一个走廊的另一端，其中有一条走廊他们曾经无数次经过，丽莎已经数出了它的天花板上有 31 盏灯，每隔 10 块大理石地砖就会有 1 盏。这些走廊有长有短，有时还会通往另一部楼梯，楼梯上面的接待柜台里通常会站着另一个接待的人，指引他们下一步该怎么做。菲利普一直牵着丽莎的手，但是丽莎却不太愿意乖乖地走在他的身边。她讨厌被别人限制行动，她的妈妈也从来没这样管过她。最终回到车里的时候，菲利普看起来很高兴，就好像是打赢了一场艰难的战役。他们的战利品就是一张粉红色的纸，这张纸暂时赋予了菲利普作为丽莎法定监护人的权利。6 个月后，他还要再来一次，面见一个法官，后者会正式承认他对丽莎的监护权。丽莎一直在想究竟什么叫作"监护人"和"领养关系"，还有那句神奇的"现在不行，还要再等等"。在家里，玛丽的情绪依然不高，她并不知道他们已经办完了行政手续。丽莎觉得，这可能是因为玛丽并没能从这场寻宝游戏中获得什么奖品，不过她认为玛丽没有不高兴的理由，因为"她毕竟没有参与进去"。

整个星期二都贡献给了丽莎的入学手续。丽莎从来都没有想到过，世界上居然有这么大的学校。苏珊给她讲过什么是大学……她还在想菲利普是不是搞错了她的年龄。学校的整个院子都是用软质材料铺成的，脚踩在上面会有些微微的下陷。院子的一角放着一些五颜六色的爬梯，一个旋转盘，还有一架滑梯，丽莎的目光立刻就被这些东西吸引住了。铃声响了起来，他们朝院子的深处走去。但是那个铃声和丽莎在洪都拉斯听过的很不一样，在那里，一旦有警铃声响起，就是告诉大家有飓风正在靠近，应该抓紧转移到避难所去。而学校里的这个铃声，听起来一点都不吓人，虽然它已经很努力地在响了，可是丽莎还是无法对它产生深刻的印象，因为在她的人生中实在听过太多远比这更加激烈的铃声。原先在村庄里，每次教堂的钟声响起来的时候，大家就知道要去做弥撒了，那个神圣的钟声总能让丽莎的心跳加速，甚至有热泪盈眶的感觉。这个时候，妈妈就会握住她的手，让她不要害怕，而丽莎就会回答说她只是被空气中的沙子迷了眼睛。随后，丽莎的思绪又回到了现实中，铃响过后，有一大群孩子拥进了学校的院子里，丽莎想，也许他们也是在逃难吧。

学校的一层有一个风雨操场，即使下雨学生们也可以在这里活动；但是在丽莎的故乡，雨季的时候大家是没有办法上课的。他们走上了中间的楼梯，上到了2楼，那里有一条长长的走廊，旁边就是教室，里面摆放的是完全一模一样的课桌。丽莎一直在思索他们是怎么能够买到这么多一样的桌子的。菲利普走进了校长的办公室，让丽莎在那扇黄色的木门后面等着他。校长很快出来了，那是位已经有些年纪的女人，个子很高，白色的头发在脑后梳成了一个发髻。虽然她的脸上挂着灿烂的微笑，可是却掩饰不了她的严厉。上午过去了，他们离开了学校。在学校的栏杆外面，菲利普俯身，让自己变得和小女孩一样高。

"丽莎，在别人跟你说话的时候，你一定要回答。已经两天了，我从来没听到过你说话。"

丽莎耸了耸肩，头更低了。

菲利普带她去麦当劳吃午饭，丽莎对点单台的那些五颜六色的广告宣传画似乎并不感兴趣。轮到他们了，菲利普问丽莎想吃些什么，但丽莎却转过了头，仿佛对食物完全不感兴趣。只有餐厅外面那架红色的滑梯才能吸引她的注意力。菲利普问了好几遍，但是丽莎还是一句话都没说，只是出神地看着窗外。菲利普只好弯下了腰，把她的脸转了过来。

"我也希望你能去玩滑梯，可是下雨了。"

"那又怎么样？"

"你会湿透的。"

"在我们那里，每天都会下雨，还下得很大。如果所有人都只是因为怕弄湿自己，就不干活，我们早就饿死了。这样的雨是不会杀人的，你什么都不明白，什么都不知道，可是我知道！"

收银员对他们说，如果不点单，就麻烦他们站到旁边去，后面的客人已经开始不耐烦了。丽莎又一次转过了头，看着那架滑梯，神情就像一个已经入狱的犯人在透过铁栏杆望着窗外自由的天空。

"如果我从那个上面滑下去，说不定滑到底的时候我就可以回家啦。我经常在梦里梦见这个，我知道我很想家。嗯，说不定能行的！"

菲利普向收银员道了歉，拉起了丽莎的手，一起走出了餐厅。雨下得更大了，停车场里已经出现了几个巨大的水洼。他小心翼翼地避开这些积水的地方，但还是有好几次，地上的雨水漫过了他的鞋。他们到了通往滑梯的梯子下面，菲利普把丽莎抱了起来，直接把她放在了第三级台阶上。

"我想我也用不着提醒你注意安全了，你应该也不会从这种地方摔下来的。"

"那可不一定！"

丽莎一级级地爬了上去，并不在乎四周的狂风。菲利普觉得在那个当下她应该很幸福，就像一只小兽终于回归了最原始的状态。

在阴郁的天光中，一架红色滑梯的脚下，站着一个全身湿透的男人，他张开双臂，等着一个紧闭双眼的小女孩从上面滑下，期盼着能让她美梦成真。

丽莎接连尝试了三次，然后耸了一下肩膀，握住了菲利普的手。

"好像没什么用，"她说，"我们可以走了！"

"你想吃点东西吗？"

她摇了摇头，把他拉到了车旁边。上车的时候，她趴在菲利普的耳边说：

"但其实还是很好玩的。"

雨依然在下。他们回到家时，玛丽坐在客厅里。看到他们的样子，她猛地站起了身，来到楼梯的下方。

"你们用不着这样。家里的地毯上个星期才刚刚清理过，用不着你们再帮我洗一遍。再说，就算你们想帮我洗地毯，也至少得用些清洁剂吧。快点把衣服鞋子都脱下来，我去给你们拿浴巾。"

菲利普脱下了衬衫，也帮丽莎除去了身上的衣服。丽莎觉得在家里铺满地毯实在是一件很傻的事情，这样大家都不能自由地在上面行走。原来在妈妈的房子里，那种木制地板是要更舒服一些的，因为大家在上面想做什么都可以，只要拿拖把拖一下就会干净了。玛丽用毛巾擦了擦菲利普的头发，菲利普则拿着一个吹风机，帮丽莎把头发吹干。玛丽问他们是不是去了汽修店自动洗车，结果却忘了关车窗，接着又命令他们立即上楼换衣服。糟糕的天气让他们下午没有办法出门，于是丽莎开始参观她的新家。

她爬到了三楼的工作室门前，推开了门，出现在正在工作的菲利普面前。她跑到桌子后面，看着菲利普画着草图；接着又对这种涂涂画画的工作失去了兴趣，开始在房间里东游西逛。她的视线停在了苏珊的照片上，看了很久很久。她从来没有见过母亲年轻时候的样子，也没有注意到自己和她年轻时候长得有多像。

"你说，有一天我会不会变得比她更老呢？"

菲利普从草图中抬起了头。

"她照这张照片的时候是 20 岁。在她离开美国的前一天晚上，我在公园里给她拍了这张照片。你知道的，我是她最好的朋友。在你这个年纪的时候，我把当时戴在身上的那个圣牌送给了她，如果你仔细看的话，还能在照片上看见这个牌子呢。我们彼此之间是没有秘密的。"

丽莎却很骄傲地反驳道：

"那你知道她生了我吗？"

然后她就走出了房间。菲利普看着慢慢合上的房门，愣了几秒钟，才把视线转向了那个装着苏珊信件的盒子。他把手放在了盒盖上，犹豫了一会儿，最终还是没有打开。他朝着架子上的相框苦涩地微笑了一下，重新拿起了画笔。

丽莎下了楼，走进浴室里，打开了那个玛丽用来存放化妆品的盒子。她拿起一瓶香水，在空气中喷了几下，贪婪地嗅着其中香根草的香气。她对镜中的自己做了一个鬼脸，又把那个小玻璃瓶放回了原处，然后离开了浴室。她观光的下一站是托马斯的卧室，但她并没有发现任何有意思的东西，柜子里摆的只不过是一些小男孩的玩具。倒是挂在墙上的那把枪让她有些害怕，这里也有那些拿着枪杀人放火的士兵吗？在这座草坪看起来未经践踏，墙上也没有弹痕的城市里，到底存在着什么样的危险？

玛丽已经将晚餐准备完毕，他们一起坐到餐桌旁。玛丽第一个给托马斯布菜，小男孩拿起手里的叉子，在土豆泥里画了一条双向两车道的大马路。他还把那些青豆摆成了一个车队的形状，想象着它们正要停进火腿下面的车库。这个车库的房梁就是火腿片下方的那根酸黄瓜，那些绿色的卡车有技巧地绕开了这个房梁，灵活地通过了由菠菜搭建的、危险重重的绿色森林。菲利普正在他面前的垫桌纸上画着玛丽的肖像，而丽莎则在速写正在画画的菲利普。

周三的时候，菲利普带丽莎去超市采购。丽莎从来没有见过这样的地方。这里的食物比她从小到大在村庄里见过的还要多。

整整一个星期，菲利普都一直带着丽莎外出，这也让丽莎更深入地了解了她妈妈口中所说的那个"曾经的国度"。丽莎很兴奋，可同时又有一些嫉妒和伤感，她一直在想怎么可以把这个世界的碎片带回到之前居住的村庄，带回到那些尘土飞扬，可是却让她魂萦梦牵的街道。入睡之前，丽莎躺在床上，又开始想那些让她充满安全感的画面：在她们的房子和由妈妈建起的医院之间，有一条小土路，每当她经过的时候，村里的人都会热情地跟她打招呼；那个从来不愿意收妈妈的钱的电工，叫作马纽埃尔；她甚至还记得那个每周来给他们上一次课的老师的声音，她叫卡扎莱斯小姐。她每次都会给大家带来一些令人难以置信的动物的照片。但是后来，她冰冷的身体却躺在了昂里克的怀里，昂里克是一个赶大车的人，负责给村庄运送货物，也运送尸体。

在梦里，丽莎听到了毛驴的蹄铁敲击在干燥的土地上发出的声响，她跟着这个声音一直来到了农场里，穿过了油菜花田，高高的油菜花梗帮她挡住了灼人的阳光，一直到了村子的教堂里。之前的一场大雨弄歪了教堂的门框，从那之后教堂的门一直都是半开半掩的。丽莎朝着圣坛走去，两边都有村民对她露出微笑。走到第一排的时候，妈妈把她抱到了怀里，紧紧搂住了她。那种母亲身上独有的香气，还有一股好闻的肥皂气息，立时充满了丽莎的鼻腔。天光渐渐地暗了下去，好时光总是过得很快。那头驴子突然冲进了教堂，它的身上好像裹了一层圣光。它高傲地看着下方的人群，神色中还有一丝疲惫。突然，天上下起了暴雨，外面隆隆的雷声在教堂里也形成了巨大的回音。山坡上开始有水流涌下，声音越来越响，所有的乡民都跪了下去，愈发虔诚地祈祷起来。丽莎无法把头转过去，好像空气中有什么力量在阻止她。木门突然变成了碎片，向四面八方飞了出去，洪水闯进了教堂。那头驴也被水流带离了地面，它绝望地尝试着，想把鼻孔留在水面之上，却在发出一声悲凉的嗥叫后就被卷进了水底。丽莎睁开眼睛的时候，菲利普正站在她的身边，向她伸出了手。他抚摸着她的头发，就像所有大人在面对受惊吓的小孩子时所做的一样，在她耳边喃喃地说着什么，想帮助她从恐惧中解脱出来。可是大人们又哪里见识过这样的恐惧？

丽莎猛地从床上坐了起来，揉了揉眼睛，想要把刚刚涌出的眼泪擦掉。

"为什么妈妈没有和我一起回来？我还可以从噩梦中醒来，可是她呢？"

菲利普想要把她抱进怀里，可是丽莎拒绝了。

"时间是最好的解药。"他说，"你需要的是时间，再过一阵子，一切都会好的。"

他一直待在丽莎的身边，直到她又重新睡着。回到卧室的时候，为了不吵醒玛丽，他特意没有开灯。他轻手轻脚地回到了床上，钻到了被子里面。

"你在干什么？"

"玛丽，不要问了。"

"我刚刚说什么了？"

"你什么也没说。"

这个星期六简直像是在向上一个周末致敬，连绵不绝的雨又来敲打房间的窗户。菲利普把自己关进了工作室里。托马斯正在客厅里玩，他拿出了几个外星人玩具，这些外星人长得和半个南瓜似的，托马斯把它们列成了一队，让它们从电视上面飞下来。厨房里，玛丽正在翻阅一本杂志。她看向楼梯的方向，因为光线的缘故，她已经看不清楼梯的台阶。透过客厅的滑动门，她可以看到儿子忙于游戏的背影。她又看了看坐在她对面、正在画画的丽莎。最后她把目光转向了窗外，觉得在这个枯燥寂静的午后，自己也被天空的阴郁感染了。丽莎抬起了头，惊讶地发现玛丽的双颊上居然挂着眼泪。她盯着玛丽看了一会儿，稚嫩的脸上突然显现出了明显的怒意。她从椅子上跳了起来，迈着坚定的步伐走到了冰箱前面，猛地打开了它。她拿出了几个鸡蛋，一瓶牛奶，又"砰"一声撞上了冰箱的门。她取下了一个碗，用很大的力气开始搅拌，那股劲头甚至吓到了玛丽。接着，她往蛋奶混合物里加入了糖和面粉，还有很多在调味品架子上找到的材料，也毫不犹豫地加了进去。

"你在干什么？"

丽莎直视着玛丽的眼睛，下嘴唇颤抖着。

"在我的国家，那里也下雨。但和这里的雨不一样，是真正的雨，一下就会下很多天，我们根本不知道它什么时候才会停。我们那里的雨特别地厉害，它能找到屋顶的缝隙，再进到你的屋子里。我一直觉得雨是有智慧的，妈妈也是这么告诉我的，但是你并不知道。不过你的确应该多知道一些，多了解一些。"

丽莎的怒火好像一直都在增长。她打开了燃气灶，在上面放了一个平底锅。她还在一直不停地继续她的演讲，中间甚至没有任何停顿：

"你知道吗？雨总是想要闯进所有的地方，只要你稍不注意，它就会得逞，它会灌进你的脑子里，把你淹死。夺走你的生命之后，它会从你的眼睛里流出来，去祸害其他的人。你不要骗我，我刚刚在你的眼睛里看到了雨水，你不用强忍着，已经太晚了！你已经让雨水灌进了你的脑子，你没救了！"

丽莎一面愤怒地说着，一面把调好的面糊倒进了平底锅里，看着它慢慢变黄。

"雨是很危险的，因为它会冲断你脑子里的神经，你就什么都不记得了，就会放弃你现在正在做的事情，然后你就会死。我知道这是真的，我看过有人在我家里死去，他们都是因为首先放弃了自己，然后才会死。接着昂里克就会把他们放到他的车里面。妈妈有一个秘诀，可以保护我们不被雨伤害……"

突然，丽莎用了自己的全部力气，把那个蛋饼抛向了空中。蛋饼已经变成了金黄色，它在空中盘旋了几圈，慢慢地上升，最后粘在了厨房的天花板上。丽莎骄傲地用手指着它。她的胳膊绷得直直的，就像一把拉满弦的弓，她对玛丽嚷道：

"这就是妈妈的秘诀！她可以在屋顶上造出太阳来，你看！"她用力指着那个粘在天花板上的蛋饼。"你看啊！你看到太阳了吗？"

还没等到玛丽回答，她就开始做第二张蛋饼，并且把它留在了天花板上和第一张做伴。玛丽甚至不知道该如何反应。每当有一张新的蛋饼升空的时候，小女孩都会骄傲地指着它，大声地喊道：

"你看到太阳了吧！这样你就用不着哭了，对不对？"

托马斯被香气吸引，吸着鼻子把脑袋探进了厨房里。看着眼前这不可思议的场景，他一下呆住了，他先看到了愤怒的丽莎，她的样子让他想起了漫画里的人物；然后他又看了看他的妈妈。不过，让他失望的是，他一张蛋饼都没有见到。

"你们没有给我留吗？"

丽莎把手指往装满蛋液的碗里蘸了蘸，然后开始放在嘴里吮吸。她往天花板上瞥了一眼。

"再过两秒钟，你就能得到一张蛋饼了。千万不要动！"

接着就有一张蛋饼掉到了托马斯的肩膀上，把他吓了一跳。他看了看天花板，立刻大笑起来，就好像全世界的人都来挠他痒一样。丽莎也觉得刚刚席卷了她的那股怒火正在渐渐退潮，于是放下了锅，给了玛丽一个微笑。她本来是想忍住心里那股笑意，可是最终没有成功。两个孩子的笑声在厨房里回荡，很快玛丽也加入了他们的行列。等到菲利普走进厨房的时候，看到的就是这么一个欢快的场景。

他闻到了空气中的香气，也开始在周围寻觅。

"你们做了蛋饼，但是没有我的份？"

丽莎靠在冰箱上，笑得嗓子都哑了。托马斯笑得全身发抖，躺在地上打滚。

最后，是菲利普的笑声让玛丽最终清醒了过来。她的目光从儿子那儿转移到了丈夫身上，然后又看向丽莎，最后又看了看儿子。她看着这三个人，觉得他们之间有一种难言的默契，甚至连她都无法参与其中。她意识到了房子里的欢乐气氛，也惊讶地发现菲利普在看丽莎时，嘴角总有一种莫名的温柔。女孩的面孔很像她的母亲，就像玛丽在菲利普架子上的照片里所看到的一样。除了那种混血的肤色以外，丽莎的确像极了她的母亲。在丽莎和菲利普眼神交汇的瞬间，玛丽好像明白了什么……

一个“为了赶走大雨，要在屋顶上做太阳”的孩子来到了她的家里，这是玛丽不愿意看到的。但是在这个孩子身上隐藏着另一个女人灵魂的碎片，正是这个灵魂一直牵动着她所爱的男人心底的柔情。

菲利普也看向玛丽，他的微笑全部变成了温柔。他从厨房里走出去，到车库里拿了一架梯子，然后又回到厨房，爬上了房顶，把蛋饼拿下来了：

“可以给我一个盘子吗？我们总不能都站在上面吃吧，一共只有一架梯子。我不知道你们打算怎么办，可是我饿了。”

晚饭在愉快的气氛中度过，托马斯一直在和菲利普聊天，玛丽和丽莎之间也开始有了话题。

他们一起看了一集《墨菲·布朗》，然后就上楼准备休息。在走廊里，他们正准备要进入各自的浴室，玛丽要求丽莎去刷牙，并告诉她，等她上床之后，自己会来哄她入睡。可是丽莎却沉默了，许久都没有移动一步。最后，玛丽听到丽莎在她身后问道：

"什么叫哄我入睡？"

玛丽转过头来对她做了个鬼脸，努力掩饰着自己心里的讶异和心疼。可是她还是用轻快的语调回答道：

"你说什么叫哄？"

丽莎把手叉到了腰上。

"是啊，什么叫哄我？"

"丽莎，你应该知道的。也就是说我在你睡觉之前会来看看你，给你一个吻。"

玛丽看着全身僵硬的丽莎，她就像一只处于戒备状态的小兽，坚强而又脆弱，努力摆出一副吓人的姿态想要吓跑一旁的窥伺者。她走了过去，陪丽莎一起走进了浴室。丽莎刷牙时，她坐在了浴缸边上，看着镜中小女孩的脸。

"不要刷得太用力。我发现你有牙龈出血的问题，回头我带你去看牙医。"

"我又没有生病，为什么要去看医生？"

丽莎随便擦了一把嘴巴，然后把毛巾放到了暖气上面。玛丽向她伸出了手，但是丽莎并没有握住它，而是自己走出了浴室。玛丽跟着她来到房间里，等到她进了被窝，才坐到了她的床边，用手抚摸着她的头发，俯下身在她的唇边印下了一个吻。

"快睡吧,明天你就要上学了,需要一个好的状态。"

丽莎什么都没有说。直到卧室的门关上之后,她还一直大睁着双眼,看着眼前的黑暗。

丽莎的第一个学年开始了。在学校里,她就像是一个住在小孩子身体里的大人。没有人听到过她说话,除非是老师上课要求她来回答问题。但是这种机会很少,因为老师们对她并不感兴趣。在家的时候丽莎的话也不多,只是偶尔点头摇头,或者是从喉咙深处迸出几个音节。她希望把自己变得很小很小,比她在窗边喂过的蚂蚁还要小。她每天晚上都把自己关在房间里,一直在做同一件事情:在脑海中搜寻关于"之前的生活"的痕迹,把它们串联成一个完整的故事,然后就在这个故事中反复徜徉。这是她自己的世界,她可以听到那辆吉普车碾过石子路的声音,这就说明妈妈要回来了;她还可以闻到泥土的气息,常常和松木的清香混杂在一起;还有妈妈的声音,伴随着风吹过树木的声响。

有的时候,玛丽会强迫她下楼,把她带入一个陌生的世界。这个时候,丽莎唯一的自救办法就是看着墙上的挂钟,只感觉度秒如年。

圣诞节来了。各家各户的屋顶都装饰起了彩灯,在黑夜中很是显眼。丽莎和玛丽坐在车上，她们刚刚在纽约进行了最后一批采购。看着这些灯，丽莎忍不住评论道：

"我们应该至少把一半这些没用的灯寄到我家那边去，这样所有的房子就都会有照明啦。"

"你家？"玛丽反驳道，"这里就是你家，一条蒙特克莱的小街，所有的邻居都会用圣诞彩灯来装饰他们的房子。在这里，生存不是问题，所以不要再想你出生的地方面临的那些物资匮乏的问题，不要再说那边才是你的家，你不是洪都拉斯人！据我所知，你是美国人，这儿才是你的国家。"

"成年之后，我就会有权利选择我的国籍了！"

"你知道吗？有些人宁愿冒着生命危险，也要成为美国公民。"

"那是因为他们没有选择的权利！"

接下来的几个月里，菲利普一直都在试着重新构建一个家庭。工作上的事务越来越繁重，但是只要他一有空闲，就会创造一些全家人都可参与的休闲活动。复活节的时候，他们还一起去了迪士尼，虽然玛丽和丽莎之间每天都会有一些小争执，但就整体而言，此次出行还算是一次愉快的回忆。不过，他还是能感觉到，他们四个人渐渐分成了两个阵营，一边是他和丽莎，一边是玛丽和托马斯。

1989年夏初，菲利普把丽莎带到了纽约州的另一端。他们一起度过一个漫长而又宁静的假期。野营基地的管理员一直陪着他们走到了要住的小木屋旁边。他对丽莎使了几个眼色，可是丽莎都装作没有看见。在湖的另一边，已经是加拿大的国土了。夜幕降临，多伦多城的灯光在湖上形成了一个个黄色的光晕。晚餐之后，他们来到了房子外面的露台上，对面就是静悄悄的湖面。丽莎打破了沉默：

"童年到底是用来干什么的？"

"你为什么要问我这个问题？"

"为什么你们这些大人在回答不上来的情况下，总要再反问一个问题？我要去睡了！"

丽莎站了起来，菲利普拉住了她的手腕，迫使她重新坐下。

"这是为了能给自己争取一点思考的时间！你以为这个问题很简单吗？"

"但是你还是没有给我答案！"

"这个世界上存在着各种各样的童年，我根本没法用一句话来概括。给我一点时间，最好顺便也告诉你我对于童年的定义。"

"是我给你提了个问题。"丽莎说。

"我的童年，全部都是和你的母亲一起度过的。"

"我想问的不是这个。"

"那你是想听我跟你讲一下她的童年吗？苏珊当时一直都不喜欢做一个小孩子，就像所有的孩子都梦想着长大一样。她跟现在的你很像，孩子的外表里住着一个成熟的灵魂，她总是恨时间的沙漏为什么不能落得快一点。她一直都在期待着明天，期待着变老。"

"她是不是觉得很不幸？"

"是很浮躁！这种不耐烦会毁掉你的童年的。"

"然后呢？"

"然后……既然你问我童年是什么，那我就问问你，现在的你是不是觉得童年长得令人无法忍受？"

"那为什么我们不能立即变成大人呢？"

"因为童年也是有它的用处的。它能帮助我们为梦想奠基，助我们的人生起航。在对童年的回忆里，你可以汲取力量，埋葬愤怒，保持激情，克服恐惧，并且超越极限。"

"我不太喜欢我的童年。"

"我懂得的，丽莎。我会尽我所有的努力，让你的童年可以变得丰富多彩。但是遗憾的是，总是有些事情是单纯的黑白两色。"

第二天清晨的时候，他们一起坐在了浮桥的一端。菲利普努力让自己的心沉静下去，当他看到丽莎已经第四次把钓线缠在一起的时候，他请求丽莎至少要装作很享受垂钓的乐趣；他还提醒丽莎，是她自己说想要在旅途中顺便钓鱼的。丽莎打了个响舌，然后大声地反驳道："我说的是在海上！"然后又立刻补充说："不是在湖里。"她任由自己的钓线在湖面上漂浮着，看着浮桥的桥柱旁边泛起了涟漪。

"跟我讲讲你在那边的生活吧。"菲利普说。

"你希望我跟你说些什么？"

"比如，说说你在那边是怎么生活的？"

丽莎稍微停顿了一下，很温柔地说："和妈妈一起生活。"然后她就沉默了。菲利普咬了咬嘴唇，他把钓竿放在地上，坐到丽莎的旁边，用手臂圈住了她。

"看来我的问题提得不太好，丽莎，对不起。"

"不，你的问题很好，我知道你想让我讲一讲她！你是不是还想问问她有没有提到过你？答案是没有，从来没有！"

"你为什么要让自己显得那么坏呢？"

"我想回家！我还不够爱你们！"

"给我们一点时间，只要一点就够了……"

"妈妈告诉我说，爱情要么发生在第一次见面的时候，要么永远不会发生。"

"你的妈妈当时实在太孤独了，所以才弄出了许多第一眼的爱情！"

第二天，丽莎钓到了一条大鱼，在和它较劲的过程中几乎被它拉进水里。菲利普也非常兴奋，他搂住丽莎，帮她一起扯住鱼竿，免得丽莎出现危险。结果在一场艰苦卓绝的斗争之后，他们钓上来的只是一大蓬水草。菲利普看着丽莎，感觉很抱歉，她的脸都因为使劲而泛红了。但是丽莎接下来的反应却印证了童年的一个好处：她并没有生气，恰恰相反，她还大笑了起来。

丽莎有的时候还是会做噩梦。菲利普会把她抱在怀里，慢慢地哄着。看着臂弯中的丽莎，他不禁为她成年之后的生活而担忧，想着以后会不会有男人伤害她。一般来说，童年的伤害不会留下太大的创口，人们都会淡忘他们的童年，但是长大之后，这些伤口可能会再次出现，疼痛感甚至会比之前更加剧烈。

周末的时候，他们回到了家里。托马斯非常高兴，再也不愿意离开爸爸和姐姐。丽莎又回到卧室里，把自己关了起来，但是托马斯立刻跑到了她的身边，坐在她房间的窗下，乖乖的一声不出，只要丽莎不赶他走就好。偶尔，丽莎也会看向托马斯，眼神中满是温柔。心情好的时候，她会让托马斯躺到她的身边来，给他讲一个遥远的、经常刮飓风的国度的故事，在那里，风会吹过原野，在松涛中发出阵阵回响。

夏天过去了。丽莎留了级，新学年的到来向她预示了晦暗的青春期的开始。她发觉自己的同学年纪都太小，越来越难以融入他们中间。她每天只是埋首看自己爱看的书，从来都不会感到孤独。

12月的一天，托马斯听到有一个女孩叫他的姐姐"肮脏的外国人"，他立即冲了上去，照着她的小腿狠狠地踢了一脚。接着，他就被一群同学在走廊里追打，最后被推倒在地上，摔破了上嘴唇。丽莎赶了上来，

当她看到弟弟摔倒在地上之后，立刻抓住了那个辱骂她的女孩的头发，
把她堆到了墙上，毫不客气地给了她一拳。那个女孩明显被打蒙了，
她原地转了一圈，然后倒在了地上，鼻子流着血。托马斯终于站了起来，
他好像也被吓到了，完全认不出丽莎的脸。她用西班牙语骂了一连串
脏话，掐住了那个女生的脖子。托马斯连忙抱住了丽莎，让她松开手。
丽莎的脸都已经因为愤怒而变了形，不过她还是放开了手，在给了那
个女孩一脚之后，就头也不回地离开了现场。之后，她被学校禁学两
个星期，也在家里被关了禁闭。她紧闭自己的房门，连托马斯都不能
入内，虽然他尝试了好几次要给丽莎送些水果。这次，是玛丽发挥了
她的作用。她从托马斯的嘴里套出了事情的全部经过，第二天就约见
了学校的校长，要求他们立即为丽莎复学，并且要让那个辱骂过丽莎
的女孩向丽莎道歉。丽莎什么都没有说，就回到了班级里，再也没有
人骂她了。而在接下来的几天里，托马斯带着他那又青又紫的嘴唇，
骄傲地在学校里转悠了许多天。

❧

　　1月末的时候，丽莎庆祝了她的11岁生日。玛丽为她组织了生日
派对，可是班上一共只有两个同学来参加。当天晚上，家里的所有人
都在吃玛丽之前准备的，却根本没有人动过的生日自助餐。丽莎没有

离开过她的房间。玛丽收拾了厨房，又把在客厅里悬挂的拉花取了下来，最后端了一盘食物来到了丽莎的房间。她坐在丽莎的床尾，告诉她要在学校热情一些，才能多交些朋友。

灿烂的阳光随着春季一起到来，但是早晨的空气还是颇有些寒冷。临近傍晚的时候，丽莎从学校回到家里，那时玛丽和乔安娜正在客厅里分享下午茶。丽莎用力地把房门带上了，含混不清地说了一句"晚上好"，然后就要上楼去自己的房间。当她走上第六级台阶的时候，玛丽叫住了她。丽莎转过身来，她的裤子上全都是污迹，脸上也有泥土。和她的衣服相比，鞋的情况也没有好到哪里去。

"你是不是去泥地里打了个滚才回家？为什么每天都是这个样子？要是你一直这样的话，我是不是得重新买个洗衣机？"玛丽问她。

"我得上楼换衣服。"丽莎不耐烦地回答道。

"我告诉你，下不为例！"玛丽大声喊道，可是丽莎已经消失在楼梯上方。玛丽继续说道："下楼来，自己做个三明治！我受够了你每天什么都不吃！你听到了没有？"

走廊的尽头传来了一声漫不经心的"听到了"，然后就又是一声甩门声。玛丽重新坐到了乔安娜的身边，重重地叹了口气。乔安娜穿着一件米白色的西服套裙，姿态优雅。她用手拂过头发，确保每一根都在它正确的位置上，并绽放了一个迷人的微笑。

"我很同情你，看来你的日子过得太不顺心。"她说。

"是啊，每次我教训过她之后，还要管托马斯。托马斯老是模仿他的姐姐。"

"是啊，这个女孩子肯定很难搞。"

"为什么要这么说？"

"你很清楚我要说什么。城里所有的邻居都知道这一点，我们都很佩服你。"

"乔安娜，你到底在说些什么？"

"所有青春期的孩子对母亲而言都是个难题，而且丽莎是从别的国家来的，她和大家都不一样。忽视她身上的不同，慢慢地驯养她，这对养母来说实在是一件伟大的事情。"

这个论调让玛丽的头嗡嗡作响，就好像是一个锤子打上了她的脑袋。

"你是说我和丽莎的关系已经成为邻里间的谈资了？"

"当然，我们肯定会聊到这个话题，你的经历可不算常见。幸好这样的事情没有轮到我们身上！对不起，我们知道不该这么想。我想说的只是我们很同情你，就这样。"

在乔安娜说第一句话的时候，玛丽就开始生气，等到她说完最后一句，玛丽简直是愤怒了。她整个人都要爆炸了，她的脸逼近了乔安娜的脸，表情几乎是威胁，模仿着乔安娜的语气说：

"亲爱的，你们到底同情我什么？你们又是怎么同情我的？是不是在理发店里同情我？还是在你们的妇产科医生的候诊室里？还是在你们营养师的诊室里，或者是在你们心理医生的长沙发上？哦，你们也许是在按摩床上说的这些同情我的话。告诉我，我真的很想知道。你们到底是在什么时候同情我的？我一直知道你们的生活枯燥乏味得要死，但一直相信你们可以在长年的孤寂中习惯这种生活，但没想到你们还是一点进步都没有！"

乔安娜往后坐了坐，整个人靠在了沙发背上。

"玛丽，不要这么生气！这实在太可笑了，我对你说的话并没有任何恶意，可是你完全领会错了我的意思，实际上，我们是因为真的把你当朋友才这么说的。"

玛丽站起身来，抓住了乔安娜的胳膊，迫使她从沙发上站了起来。

"你知道的，乔安娜，你们所谓的友情也让我恶心得要死；另外，我也不想瞒你，你们所有人都让我恶心得要死。在你们这群人中，就属你让我最恶心。好好听我说的话，让我来给你上节词汇课，如果你能动动你的小脑瓜，好好听讲的话，也许你可以完整地复述给你的那些女友。我们会驯养动物，而对于孩子我们只会教养。不过事情倒是很明显，每次在街上看到你们的孩子时，我都会明白你们并没有理解驯养和教养的区别。现在，请你立刻离开我家，不然两分钟之后，我就会在你的屁股上踹上几脚，好把你送出去。"

"你是已经完全失去理智了吗？"

"是！"玛丽嚷道，"就是因为我失去了理智，我才在婚姻生活中过了那么久，我才养大了我的两个孩子，但是我还是幸福的！快点走！滚出去！"

乔安娜走出了屋子，玛丽在她身后狠狠地关上了门。玛丽把头抵在了墙上，想平复一下杂乱的呼吸，也想稍微压制一下突如其来的偏头痛。她的情绪还没有完全恢复，就听到了身后楼梯上的脚步声。

　　丽莎穿着全套的慢跑服，走进了厨房。过了几分钟，她又从里面出来了，手里拿着一个碟子。里面是一个由 4 片面包做成的三明治，面包中间抹着蛋黄酱，夹着火腿和鸡肉。那个三明治实在太厚了，为了能够固定住它，丽莎在面包的中间插了一根筷子。玛丽不想做饭时就会叫中餐外卖，这个筷子就是当时和饭菜一起送来的。她上到第六级楼梯的时候，也就是在刚才玛丽叫住她的地方，突然转过身来，骄傲地笑着，对玛丽说：

　　"现在我是真的饿了！"

　　接着她就回到了自己的房间。

～♗～

　　7 月的时候，菲利普一家四口去洛基山脉度假。山间的环境让丽莎寻回了之前的自由天性，也让她和托马斯的心离得更近了。每当她攀岩、爬树、追踪动物，或者捕捉昆虫的时候，她从来都不吝惜力气，她出色的表现也让托马斯越来越把她当成一个真正的大姐姐。玛丽几乎都不敢承认，两个孩子之间已经有了某种默契，这种默契甚至让她和儿子之间的独处时间越来越少。清早的时候，丽莎带着托马斯开始新一轮的角色扮演游戏。她假装自己是"和平护卫队"组织难民营的负责人，而托马斯则要扮演飓风受害者的角色。在一个飓风的夜晚过去之后，托马斯因为成功完成了守夜的工作，在大风天气下配合进行了救援，而被丽莎正式提拔为副手。第二天，晨露尚未完全消退，丽莎就把湿润的土壤和松针混到一起，贪婪地嗅着它们的香气。早餐的时候，她还得意地把这种混合物拿给了菲利普，虽然玛丽很生气，可是丽莎还是坚持说这样会让她觉得回到了故乡，而且这种味道的确很好闻。

这个月很快就过去了，他们又回到了位于纽约郊区的家里。两个孩子一下子就感觉像被关了禁闭。很快，新的学期又来临了，日子开始变得枯燥无趣，白天的时间也变得越来越短。秋天红色的枫叶也没能点亮灰色的天空，可能直到下个夏天的到来，天气才会再次好起来吧。

❧

圣诞节的时候，丽莎收到的礼物是一个绘画用品盒，里面有铅笔、炭笔、毛笔和水粉颜料。丽莎立刻就开始画画了，她用图钉在卧室的墙上钉了很多纸，想要画一幅真正的壁画。

这幅壁画完美展示了丽莎的艺术天赋，描绘出了她故乡的村庄。她在上面画了教堂前面的小广场、通往学校的小街、开着门的仓库，当然还有停在家门前的那辆吉普车。画面的近景处有马纽埃尔，有卡扎莱斯小姐，还有她家门口的那头驴。"这就是我们的山村。妈妈就在屋子里面。"她补充道。

玛丽强迫自己去欣赏这幅画作，看着菲利普愤怒的眼神对丽莎说道："实在是太好了，要是我运气好的话，再过 20 年我就能出现在画里了。到时候就麻烦了，我肯定会长皱纹的，不过想来你的绘画技法也会好一些。我知道你到那时肯定会想把我画在画上的……我们还有时间。"

1991 年 1 月 26 日 19 点 14 分，整个美国的心脏都随着落在巴格达的榴弹炮而跳动。鉴于之前发布给伊拉克的最后通牒已经在前一天的午夜到期，美国同其他主要的西方强国一起，组成了一支联军，向占领了科威特全境的伊拉克军队宣战。两天之后，东方航空正式开始破产清算，它再也不会将乘客从迈阿密运往纽约了，也不会再将他们送往任何地方。伊拉克战场上，在发动地面攻击 100 小时之后，联军暂停了进攻。141 个美国军人，18 个英国军人，10 个埃及军人，8 个阿联酋军人，还有 2 个法国军人死于战火，而他们发动的新式技术战争则夺走了 10000 个伊拉克军民的生命。4 月末的时候，丽莎剪下了《纽约时报》上的一篇文章，把它夹进了自己的相册里。她几乎能背这整篇文章，它报道的是台风袭击了孟加拉湾沿海地区，夺走了 2.4 万人的生命。夏天到来之前，丽莎因为在火车站后面的树上画了一面旗帜而被警察带走，不过后来她又被警车送回了家。为了阻止警察把报告移交法庭，菲利普只好拿出一本百科大辞典，向警察说明旗帜上这几个颜色是洪都拉斯国旗的颜色，并不是伊拉克的。丽莎因此在房间里被禁足了一个星期，玛丽没收了她所有的绘画工具，一个月之后才还给她。

1991 年到了，这一年很多国家都出现了民主的萌芽：6 月 17 日，南非的种族隔离制度正式废除；同月，鲍里斯·叶利钦当选为俄罗斯联邦的总统，宣告了苏联时代的终结。11 月，700 辆南斯拉夫装甲车包围了武科瓦尔、奥西耶克和温科夫奇，宣告了另一场改变欧洲腹地局势的战争的开始。

1992 年开始于一个寒冷的冬天。再过几个星期，丽莎就要过 13 岁生日了。从蒙特克莱的丘陵上，可以看到整个纽约城都披上了灰白相间的外衣。菲利普关掉了工作室的灯，来到了卧室里，妻子已经睡着了。他躺在玛丽的身边，用手抚摸着她的背，玛丽转过了身。

"你已经好久没有好好地看过我了。"玛丽在黑暗中说。她沉默了一下，开始在这个 1 月的晚上跟菲利普讲她的心里话。"我注意到你每次看丽莎的时候，眼睛都会发亮。我经常在想，如果你的眼睛也能为我而亮该多好啊，哪怕只有看她 1/4 的亮度。自从苏珊去世之后，你眼里的火苗就熄灭了，好像你身体里有什么东西已经死了，我也无法把它点亮。"

"不，你搞错了，我一直都想做得好一点。但是我并不完美，我总是做错事。"

"菲利普，我也帮不了你，因为你已经把心里的门关上了。过去对你来说真的有那么重要吗？甚至比现在和未来还要重要？人总是很容易因为伤感而放弃一些东西，那种沉重的忧郁感是多么美妙啊，放纵自己在沉默中死亡也是一件很轻松的事情，但是这样的终点必然是死亡。从我们刚见面的时候，你就跟我讲过你的梦想，你的渴望，我以为你需要我，所以就来到了你的身边，让你可以继续追寻梦想，可是我自己呢？我觉得自己已经被原来的生活驱逐了。菲利普，我并没有从任何人手中抢走你！当我遇到你的时候，你是单身，你还记得吗？"

"你怎么突然说这个？"

"因为你在放弃一些东西，我觉得我的存在不应该是你放弃的原因。"

"你为什么拒绝接近丽莎？"

"因为是否能够亲近是同时取决于两个人的，丽莎也不愿意靠近我。对你来说就要简单一点，因为父亲的位置是空缺的。"

"但是丽莎的心中是可以装下全世界的。"

"你可以这么说，是因为你对丽莎付出了多少，她就会回报你多少。我不一样。"

"我已经伤害你到这种程度了吗？"

"你把我伤得很深很深。菲利普，你知道吗？世界上最可怕的孤独，是两个人在一起还觉得孤独。我爱你，可是我还是要离开你，这是多么奇怪的悖论！可是对我来说，我爱你，所以我还在这里。你呢？你根本看不到我，你只能看到你自己，看到你的痛苦，你的犹豫，还有你的纠结。你已经不再可爱，可是我还是爱你。"

"你是要离开我吗？"

"我每天早上起床的时候都会想一想这个问题。早晨的时候，看到你在你的小窝里喝咖啡的时候，看你沉默地穿衣服的时候，看你长时间地洗澡，把我留在你身上的香水味都冲掉的时候，看你冲去接电话的时候，我就会想要不要离开你。你的表现太明显了，你好像总是想从这个世界开一个小口，呼吸一下新鲜空气。但是我呢？我一直留在这里，伸出双手，想要构建一个属于我们全家的幸福世界。"

"我只是经常会走神罢了。"菲利普温柔地解释说。

"菲利普，你已经经历了这么多事情，可是还是什么都没有学会。你能看到自己在变老，我也一直在观察你，看到你用手指拂过脸上的皱纹。从我和你在一起的第一天开始，我就在憧憬你变老的样子。就是这种想法让我确定自己想和你共度一生，因为只要想到可以和你彼此陪伴，直到生命的尽头，我就会觉得幸福。那是我生命中的第一次，我第一次不再害怕永远，不再恐惧时间。每次你靠近我的时候，我都能感受到你的坚强和脆弱，我希望自己能做那个调和这两股力量的人。但是我不能一个人建构起我们的生活，没有人可以做到。亲爱的，没有人能够决定自己去过什么样的生活，我们只能勇敢去接受。我想我需要离开几天。我太习惯于依赖你了，以至于已经丢失了自我。"

菲利普握住了玛丽的手，吻在她的额头上。

"苏珊去世了，我觉得我的童年也随着她走了。我一时走不出来而已。"

"苏珊只不过是个借口，你的童年也是个借口。你可以无限地延长你生命中的这段时间，所有人都可以。我们有理想，我们为之努力，为之付出，然而当这个理想的生活突然降临时，我们又不敢真正去过这种生活，因为我们会发现自己没有办法把控，也没法让梦想和现实完全接轨。拒绝长大是一件很容易的事情，忘记过错也是很容易的事情，我们可以把所有的错误都归咎于命运，它能让我们原谅自己的怠惰。你到底知不知道我的心有多么累。菲利普，我有这个勇气，我敢于去爱你，虽然你说过你的生活很复杂，可我还是愿意承受。但是，你的生活到底有哪里复杂呢？因为你受过的那些痛苦，因为你事业上的不完美？你以为你是全知全能的上帝吗？"

"你是已经厌倦我了吗？"

"我之前花掉了所有的时间，来努力地倾听你，虽然你从来只倾听自己的声音。只要想到这样能让你更幸福，我就觉得是值得的。和你在一起，我并不恐惧日常生活中的任何意外。我不害怕你把自己的牙刷放在我的杯子里，也不反感你夜里发出的噪声，甚至还觉得你早上起床时那张皱巴巴的脸蛋很可爱。因为和你在一起是我的梦想，我可以无视这所有的一切。我每天都在和自己的孤独做斗争，和日常生活的眩晕做斗争。你有没有看到我的努力？我一直在你的身边做着努力，希望你的世界中的一切都能顺你的意，可是不管你愿不愿意，地球也不可能总是按照你希望的方式旋转。"

"到底发生了什么，你会突然跟我说这些？"

"就是因为什么都没发生。我可以看到你每天晚上躺在床上的位置都离我越来越远，清晨醒来的时候你总是背向我，你抚摸我皮肤的时候手心也越来越没有热度。你今天晚上怎么那么快就结束了工作？我一直想要抗拒这一切，却一直不知道该怎么开口跟你说。"

"可是，你现在还是说了，说你不再爱我了。"

玛丽下了床，又转过头看着菲利普，然后走出了卧室。菲利普看到玛丽的身影消失在了走廊的昏暗里，停顿了几秒钟，然后走到了她的身边。玛丽坐在楼梯的高处，看着楼下的房屋大门。菲利普跪了下来，把玛丽搂到了怀里。

"我以为我说的是相反的事情，说的是我还爱你。"

玛丽走下了台阶，来到了客厅里，关上了身后的门。

在前一夜的倾诉之后，第二天的相见就变得非常艰难。玛丽穿上了皮质大衣，走出了门，一步迈入了清晨寒冷的空气中。楼梯上方传来了孩子们的声音，玛丽对他们大喊，说在车上等他们，让他们动作快一点，不然就要迟到了。菲利普走了过来，把手放在玛丽的脖子上，轻轻地抚摸着。

"可能是我表达的方式不对，可是玛丽，我是真的爱你。"

"现在不要说这些，不要当着孩子们的面说，开始这个话题还早了一点……"

　　他在玛丽的唇上印下了一个吻。托马斯在楼梯上声嘶力竭地嚷着："哈哈，谈恋爱的人！小情人们！"丽莎拿肩膀撞了他一下，用权威的声音对托马斯说："相信我吧，托马斯，你也不会单身一辈子的，因为你马上就要7岁了！"还没有听到托马斯的答案，她就走下了楼梯。走出房门的时候，她从玛丽的手里抢走了车钥匙，在门口的小路上嚷着："现在轮到我在车里等你了！"然后小声地在玛丽耳边说："小情人们！"

　　玛丽也来到了门口的小路上，她把自己的小箱子放在了那辆白色车的后备厢里，然后坐到了方向盘的后面。

　　"你要出去旅行吗？"托马斯问道。

　　"我要去洛杉矶，和你的姨妈住上几个星期。爸爸会照顾你们的。"

　　玛丽把车停在了停车场里，拎着行李走向了航站楼。机场航站楼刚刚重新粉刷过，新刷的涂料还在反着光。她的航班会在3小时之后出发，现在还没有开始值机。她走到了机场的酒吧里，坐到了柜台前的圆脚凳上。她从酒吧的窗户里面看出去，看着外面的跑道。一个明显带着西班牙语口音的酒保来给她倒了杯加奶的咖啡。整个酒吧的大堂里几乎空无一人，在一片寂静中玛丽想着之前的场景：电影院放映室里的第一次见面，影院外面的街头第一次谈话，最初的悸动，交换电话号码时的心跳。那个时候，她一直在电话机前等着菲利普打过来，在他们第一次通话之后，玛丽觉得整个世界都亮了。但是之后，菲利普却显得不太主动，她猜不透他的心思。后来的新年前夜，时代广场上的偶然一瞥，让他们又找到了彼此，还在 SoHo 区度过了一夜，接下来又是长长的等待。后来，在法纳里餐厅的晚餐让他们渐渐有了默契。但是每次晚餐之后，当菲利普消失在街角时，她都会觉得自己上楼的脚步越发沉重，接着，她就会一连很多天一直看着电话。玛丽又想起自己和菲利普之间许多的第一次：那束落在楼梯间里的红玫瑰，第一次品尝彼此时的羞涩与尴尬，以及之后那个难眠的黑夜。他们都不知道该怎么睡才不会影响到对方，不知道该保持什么样的睡姿，也不知道该把手臂放在哪里。

等到他们彼此间建立了最初的依赖之后，又有了很多第一次的恐惧：如果对方早晨先离开，之后没有打来电话，她就会感到害怕。爱就是会让人产生依赖，却不愿意承认自己已经离不开对方。慢慢地，他们真的成了一对，开始有了专属于爱人的时光：一起吃午饭，一起过周末，甚至一起度过星期天的晚上，哪怕第二天还要上班。他们开始打破自己单身的节奏，一起畅想未来，并且小心翼翼地试探对方的反应。最后，就像玛丽一直期待的那样，他们有了两个人的生活。当她看到菲利普出席婚礼的装束时，她开始想，为什么他们不能穿着休闲装结婚呢？为什么他们一定要穿成这样才能举行婚礼？当时他们穿着休闲装回到蒙特克莱，参观了那座现在他们住的房子。后来，在浴室里，一片小小的变色纸预示了他们生活的改变，她的腹部渐渐隆起，他们开始考虑婴儿房的设计方案。但是，菲利普的眼神中一直有她无法触碰的东西，无论她给他再多的爱，也无法让他全身心地属于自己。

　　玛丽一直沉浸在无尽的回忆之中，侍者过来的时候几乎把她吓了一跳。

　　"女士，您还要再来一杯咖啡吗？对不起，我不是有意吓到您的。"

　　"不用了，谢谢您。"玛丽回答道，"我马上就离开。"

　　她买了单，离开了酒吧大厅。在环球航空公司的值机柜台旁边，她找到了一部公用电话，往电话里面塞了一个 25 美分的硬币，拨通了菲利普的电话。刚响了一下，菲利普就立刻接了起来。

　　"你在哪里？"

　　"在机场。"

　　"你的飞机是几点的？"

　　菲利普的声音听起来既温柔又难过，玛丽等了几秒钟才回答他。

　　"你今天晚上有时间出来吃个饭吗？叫一个保姆来，让她帮我们照顾孩子，在法纳里餐厅定一个桌子。我突然不想去享受阳光假期了，宁愿拿出一天去疯狂血拼一把。你记得穿一条牛仔裤，再穿上你那件蓝色的圆领毛衣，我觉得你这么穿的时候最性感。我 8 点的时候在美世街和普林斯街的路口等你。"

　　玛丽放下了电话。她微笑着，走上了通往停车场的路。

　　接下来的一整天，她都在为自己消费。她做了头发，修了指甲，修了脚，还做了脸，把全身的护理都来了一遍。她从包里拿出了那张申请退款的飞机票，很高兴地看到右下方的票价比她今天一整天的消费还要高。她还买了一件大衣，一条短裙，一件棉质的衬衫，还替托马斯选了一件毛衣。

　　她来到了法纳里餐厅，坚持要服务员把她安排在外面的大堂里。

整个晚餐期间，菲利普都很专注。晚饭后，他们迎着刺骨的寒风，在之前居住的街区散步，甚至没有意识到已经走到了之前那栋公寓楼下。在楼门口的灯光下，菲利普搂住了玛丽，用力地吻了她。

"我们得回家了。"玛丽说，"现在时间太晚了，保姆也该回家了。"

"我付了她整个晚上的费用，她明天早上会去送孩子们上学的。至于你，我会把你送到宾馆去，我在那里定了一个房间。"

宾馆的房间里，床单已经散落在了地上。在他们睡着之前，玛丽抱住了菲利普，把头放在了他的胸脯上。

"菲利普，我很开心没有去洛杉矶。"

"我也很开心，"菲利普回答道，"玛丽，我很认真地考虑了你昨天对我说的话，我也想请你为我做一些事情。我希望你能真心地对待丽莎。"

❧

15 个月过去了，玛丽的确付出了真心。菲利普早上会送孩子们去上学，放学接送的任务则由玛丽负责。托马斯也真心地喜欢上了自己的姐姐，甚至离开她一会儿都不愿意。他每个星期三下午都会去蒙特克莱的图书馆，帮姐姐寻找一些和洪都拉斯有关的材料。他甚至还给丽莎贴在笔记本里的每一张剪报都配了图片。笔记本里还有很多丽莎自己的绘画作品，有的是用炭笔画的，还有的是用黑色水笔画的。丽莎则会陪托马斯去参加棒球比赛，每次轮到托马斯击球的时候，同学们就会听到她的加油声甚至超过了整个啦啦队的声音。8 月的时候，两个孩子一起去参加了夏令营。菲利普和玛丽则在汉普顿的海边租了一所别墅。冬天的时候，他们全家一起度过了一个很长的周末。他们让孩子们去学习滑雪，自己则去阿迪朗达克山冰湖旁边的一处小木屋里享受二人世界。这个家庭之前的两两阵营被打破了，新的平衡局势已然建立：现在换成父母在一边，孩子们在另外一边的阵营。丽莎也变了，她身体里的女人特征开始显现，她不再是一个小女孩，而是变成了一个成熟的女人。

～∽～

1993 年 1 月下旬的时候，丽莎庆祝了她的 14 岁生日，班级里有 8 个同学来参加了生日派对。她的肤色越来越有混血儿的样子，双眸也越来越有风情。玛丽有的时候也会惊讶于丽莎的美丽，尤其是她们一起逛街的时候。所有的男孩甚至小男孩都会为丽莎而回头，也提醒了玛丽她的时代已经一去不复返了，玛丽偶尔会嫉妒，可是她拒绝承认。她们之间也经常会爆发争执，这通常是因为丽莎说话的态度不好，或者是跟玛丽顶嘴。每到这种时候，丽莎都会把自己锁在房间里，只有托马斯才享有出入权。她会一直在自己的本子上写写画画,然后把本子藏在床垫的下面。坦白来讲,丽莎对自己的学业并不上心,她所做的只是付出少许努力,让自己能够保持班里的中游水平。令菲利普不安的是,丽莎从来不买磁带,不买连环画,也不喜欢化妆品,还从来不去电影院。她把所有的零花钱都存了起来,放在一个蓝色的兔子玩偶里,这个兔子的背上有一个拉链,正好可以当成存钱罐来用。丽莎看起来似乎从来都不会不开心,虽然她经常花几个小时来发呆。她生活在自己的世界里,只是偶尔才会和周围的人群发生接触。时间越久,她离别人似乎就越远。

夏天随着暑假一起到来。一个阳光灿烂的 6 月之后,紧接着就是一个节日般的日子:学校的期末典礼。菲利普、玛丽和托马斯整整为此准备了 3 天。

Chapter 8
玛丽的决心

"因为这个女孩子是我的女儿！"玛丽声音坚定地说。

你 在哪里
Où es-tu

　　托马斯是最后一个到桌前吃早餐的。丽莎根本就没有胃口，玛丽则匆匆将为他们准备的食物装到保鲜盒里。餐盒的最下方，是用保鲜膜包好的苹果派。菲利普坐在车里，连摁了好几次喇叭，提醒大家赶快上车。等到最后一个人扣好安全带的时候，汽车引擎就启动了。家距离学校仅有 10 分钟的车程，玛丽根本不明白为什么要这么着急。在路上，菲利普一直在看后视镜。他的焦虑是如此明显，玛丽不由得问他究竟有什么事情。菲利普努力控制着焦躁情绪，对丽莎说：

　　"已经好几天了，我们一直都像在打仗一样，就是为了准备你的期末典礼。可是你自己却毫不关心，就像这根本和你没有关系一样。"

　　丽莎一直在透过车窗看着天上的云彩，她没有勇气回答菲利普的话。

　　"你的确应该保持沉默，"菲利普说，"你的课业成绩也是没什么可以期待的。我希望你明年可以更投入一点，不然很多职业都会因此向你关上大门。"

"但是对于我的理想职业来说，我现在的成绩已经足够好了。"

"啊，那真是太好了，你终于表达出了你的某个意愿，看来我们还是不应该绝望啊。你们都听到了吧！丽莎终于有想做的事情了！"

"你们两个到底是怎么了？"玛丽开了口，"能不能平静一下。"

"谢谢你的支持。那好吧丽莎，究竟是什么了不起的职业会张开双臂等着你，而且只要一个一般的成绩就够了，我实在是迫不及待地想要知道。"

丽莎用像蚊子发出的声音回答道，只要她的成绩达到中游水平，就可以参加"和平护卫队"的救援计划，可以去洪都拉斯帮助灾民，也就是说从事和她妈妈一样的职业。听到这句话，玛丽觉得她的肠胃都抽搐了起来，连忙把脸从窗户那边转了过来，不想让别人看到她的表情。菲利普突然一个刹车，轮胎发出了一阵刺耳的声音，然后停了下来。托马斯一下子被甩到了前面的椅背上，手还紧紧地抓着安全带。菲利普转过头来，话音里满是怒火：

"这是你自己的想法吗？在我们听来，你的理想好像是要单纯地奉献，但是你认为这就是真正的慷慨吗？你认为逃避自己现在的生活就是一种真正的勇敢？你知不知道这将把你置于一种怎样的境地？你觉得你母亲的生活是人生标杆吗？你知不知道她究竟辜负了多少人？你永远都不会去那里的，你听到我说话了没有？你想不想听我跟你讲一讲，逃避你现在的生活究竟会导致什么样的后果？"

玛丽抓住了丈夫的手腕。

"你还是别说了！你没有权利对丽莎说这些话！你面前的人不是苏珊，你是不是搞混了？"

菲利普打开门下了车，又狠狠地撞上了车门。玛丽转身看向了丽莎，用手拂着她已经哭红了的眼睛，用一种温柔却又坦白的语气安慰着她：

"我很为你骄傲。你想要从事的职业需要很多很多的勇气。你已经很像你的妈妈了，而且你有充分的理由去模仿她曾做过的事情。因为她的确是个了不起的女人。"

沉默了一下，玛丽又继续说道：

"你很幸运。在你的这个年纪的时候，我也希望可以敬佩自己的父母，敬佩到希望自己长大后可以变成他们。"

玛丽不停地按着喇叭，一直按到菲利普重新坐在方向盘前。她让菲利普立即发动车子，用的是那种不容置疑的语气。她重新把自己的脸贴在了车窗玻璃上，眼底有情绪的暗涌。

在学校的时候，菲利普没有参加任何活动，更拒绝列席学校的荣誉授予仪式，午餐的时候也没有说任何一句话，甚至整个下午都未发一言。他没有看丽莎一眼，在午饭结束的时候，丽莎向他伸出了手，想和他言归于好，可是菲利普并没有握住她的手。玛丽试着用挑眉毛这一招逗笑菲利普，可是并没有什么作用。她觉得丈夫的态度非常幼稚，就不再理睬他，而是开始好好照顾丽莎，因为她知道今天对于丽莎来说已经是毁掉了。回家的路上，车里的气氛和外面的节日氛围实在是格格不入，让人完全忘记了今天是什么日子。

到家之后，菲利普立刻把自己关在了工作室里。在一片安静的氛围中，玛丽陪孩子们吃了晚饭。把他们哄睡之后，玛丽来到了卧室，一个人躺到了床上，叹着气把被子盖到了身上。早上醒来的时候，床的另一侧已经空了。菲利普已经去上班了，他在餐桌上留了一张纸条，说自己要很晚才能回来，不用等他吃晚饭了。

玛丽准备好了早餐，准备应对一个艰难的周末。下午的时候，她要出门采购，就让两个孩子在家里看电视。

在超市里，玛丽突然感到了一阵孤独。她不想被这种感觉控制，于是好好地盘点了一下自己的人生：她爱的人身体都很健康，她还有地方可以住，有一个几乎从来都不会发火的老公，她几乎没有什么对人生不满的理由。

过了一阵子她才发现自己在自言自语，因为有一位年纪很大的太太来问她究竟在找些什么。玛丽微笑着回答她说："我在找一些做蛋饼的材料。"她推着购物车，来到了卖糖和面粉的货架前。她晚上8点钟才到家，两只手里都拿满了东西，她通常会用疯狂购物来抚平自己心里的伤痛。她把购物袋放在了厨房的桌子上，看向了正在客厅里玩游戏的托马斯。

"你们刚刚乖吗？"

小男孩立刻点了下头。玛丽开始整理自己买来的东西。

"丽莎是在自己的房间里吗？"

托马斯过于沉浸在自己的游戏中，根本没有回答妈妈的问话。

"我在问你话呢，你没有听到吗？"

"没有啊，她和你一起出去了呀！"

"什么，她和我一起出门了？"

"她两个小时之前就出去了，而且她还说'我要去找妈妈了'。"

玛丽立刻放下了她手里的水果，抓住了儿子的肩膀。

"她怎么会说这个的？"

"妈妈，你弄疼我了！我刚刚已经跟你说过了，她只是出门了，然后说她会去找你的。"

玛丽的声音中充满了恐惧，但她还是松开了儿子。

"她有没有带包？"

"我不知道，我根本就没注意。出什么事情了吗，妈妈？"

"没什么，继续玩吧，我很快就回来了！"

玛丽急忙跑上了楼，走进丽莎的房间，寻找那个通常被放在书架最显眼处的兔子玩偶。玩偶里面已经没有钱了，被放在了书桌上。玛丽咬着下嘴唇，跑到了自己的房间里，扑到床上拿电话，可是菲利普并没有接听。她立刻想到现在是周末，就转而拨打菲利普的专线。电话响到第三下时菲利普拿起了话筒。

"你得立刻回家。丽莎离家出走了，我现在就给警察局打电话。"

菲利普把车停在了一辆蒙特克莱警方的车后面。他快速跑过了房前的小路，来到了大门前。一进门，他就看到玛丽坐在客厅的沙发上，米勒警官正在给她做笔录。

警察问玛丽孩子的父亲是谁。菲利普看了玛丽一眼，点了点头。

探长就邀请他一起加入谈话。他足足花了 10 分钟来问他们，了解孩子这次离家出走最可能的原因。她是不是有一个男朋友？是不是刚刚和男朋友分手？她最近的言谈举止里有没有要离家出走的前兆？

菲利普觉得很愤怒，不由得站起身来。仅仅依靠这些问答游戏，他们根本无法找回女儿。她又不是藏在家里的客厅里，他们已经浪费了太长的时间在这里回答问题。菲利普大声地说，至少得有一个人真正出门去找她，然后就从外面撞上了门。警察一时有些瞠目结舌，不知道该做何反应。玛丽跟他解释了一下丽莎的特殊情况，说昨天丈夫和女儿发生了争执，这还是他们收养丽莎之后第一次发生这种情况。但她并没有提起最后她在车里对丽莎说的那些话，只是说她希望丈夫和女儿可以平静下来，但是显然她的调停没起到什么作用，恐怕女孩还是因为这场争吵而离家出走了。

警察把记录本收进了包里，告诉玛丽说自己要离开了，邀请玛丽和他一起去办公室。他试着安慰玛丽：最坏的结果无非就是孩子自己在外面睡上一夜，第二天就回来了，小孩子们的离家出走一般就是这个样子。

整个夜晚都很漫长。菲利普很疲惫地回来了，嗓音都哑了。看到妻子坐在餐桌旁，他握住了妻子的手，告诉她自己有多么恐慌，接着把头靠在她的肩上，吻了吻她，然后逃到了楼上的工作室里。玛丽用眼神追随着她。最后，她自己也走上了楼梯，没有敲门就进了菲利普的工作室里。

"我能感觉到，你无法应对现在的这种局面。我能理解你。但是我们两个人中间至少得有一个人勇敢起来。你留在这里，帮托马斯准备晚餐，如果有电话打来你要立即接听。你要是接到了什么新消息，就立即往车上打电话，我去看看警方处理得怎么样了。"

　　她没有留给菲利普反驳的时间。借着工作室的灯光，菲利普看到玛丽踏上了家门口的小路，不一会儿，汽车就消失在街道的尽头。

　　米勒警官的脸色看起来不像是有什么好消息；玛丽坐在他对面，看着他点燃一根烟，突然自己也有一种抽烟的冲动。警察派出了好几辆警车，在城里的很多地方都展开搜寻，这些地方都是些年轻人常常聚会的地方。丽莎的几个朋友也都被讯问过了，警方认为丽莎应该已经坐上了长途车去往曼哈顿。米勒警官已经给纽约城的港务局发送了传真，现在纽约城的所有警局应该都已经收到了丽莎离家出走的消息。

　　"然后呢？"玛丽问道。

　　"夫人，每一个警探的办公室里都至少会有 40 份类似的卷宗。大部分的孩子都会在离家三四天之后就回来了，您需要耐心一点。我们会继续在蒙特克莱寻找，但是纽约城已经超出了我们的管辖范围，我们没有权力插手。"

　　"可是我所关心的并不是你们的行政权力划分。现在具体是哪一位警官在负责寻找我的女儿？"

　　米勒可以理解玛丽的难过，但是他也做不了别的什么了。谈话已经结束，玛丽却无法从椅子上站起来。米勒迟疑了几秒钟，打开了自己的抽屉，从里面拿出了一张名片。

"也许您明天可以去见见我的同事。他在纽约中城的南区当警探，我稍后会给他打个电话通知一下。"

"那您为什么不现在就打呢？"

米勒看了看玛丽，取下了电话听筒。但电话并没有人接听，而是进入了留言答录机。他已经打算挂断电话了，但是在玛丽的坚持下，他还是留了个言，解释了这通电话的来由。玛丽真诚地对他表达了谢意，接着离开了警署。

玛丽把车一直开到了蒙特克莱的山丘上，在那里能看到整个纽约城。在那闪烁的万家灯火中，丽莎有可能正在挨饿受冻。玛丽下定了决心，再次启动了车子，驱车开上了前往纽约的高速公路。

在长途汽车中转站，她向所有的工作人员都展示了丽莎的照片。每当她遇到一个巡逻车的时候，她都会停下车子，给警察描述丽莎的情况。早上 7 点的时候，她来到了第七区警局，把米勒警官给她的那张名片递给了一个负责接待的穿制服的警察。警察收下了那张名片，告诉她需要在警局稍等或者稍后再过来，因为名片上的这位警察要到 8 点才上班。玛丽坐在了一张长椅上，半个小时后有警察来为她倒了一杯咖啡。

那位刑警终于来到了警局，把车停在了停车场里，然后从后门进入了警署。他看起来已经接近 50 岁了，头上有几缕头发都翘了起来。他来到办公室里，把上衣放在了卷宗的上面，手枪则放在了抽屉里。他看到了答录机上的提示灯亮了，就按下了"收听留言"的按钮。第一条留言是催他付房租的，威胁说如果他再不付房租就要通知他的上

级；第二通电话则是他的妈妈打来的，像往常一样跟他抱怨住在医院
同一病房里的病友；第三条留言是唯一能引起他兴趣的，来自他之前
一个老同事兼老情人，现在这个同事已经搬去了旧金山，她质问他是
不是根本不愿意和自己一起生活；最后一条留言是一个老朋友留下的，
也就是蒙特克莱警局的米勒警官。他删除了所有的留言，然后到了警
局一层的大厅里给自己倒了一杯咖啡：已经几个月了，娜塔莉亚已经
不在这里了，不再会帮他带一杯咖啡上楼。玛丽已经睡着了，差一点
从长凳上滑到地上，他就走上前拍了拍她的肩膀。玛丽睁开了眼睛，
看到了一个脸上满是胡子，至少几天都没有剃须的男人。

　　"我是乔治·皮尔格雷探长。米勒已经告知过我您会来了。您没
有浪费自己的时间，跟我来吧。"玛丽拿上了自己的包和那杯咖啡。"您
可以把它留在那里，我们会给您拿一杯热的。"

　　皮尔格雷一直在打量着这个坐到自己对面的女人。他看到了她疲
惫的眼神。玛丽完全没有力气注意自己的礼节和仪态，这一点很快赢
得了皮尔格雷的好感。他听玛丽讲了事情的经过，自己则坐在旋转椅
上转来转去。随后，他从架子上取下了一堆文件夹，一下子把它们都
散在了桌子上。

　　"您看，这些全部都是离家出走的孩子，这还只是上个星期报告
上来的。您能不能跟我解释一下，我为什么要额外关照这个女孩子？"

　　"因为这个女孩子是我的女儿！"玛丽声音坚定地说。

　　皮尔格雷往椅背上靠了靠，最后勉强挤出了一点笑容。

　　"我现在心情不错。我可以通知所有的巡逻车让他们注意寻找小

女孩的行踪，然后给其他区的警局打几个电话。您可以回家了，如果有消息我会通知您的。"

"不，我要留在纽约，我也可以一起寻找。"

"看您现在这种疲劳的状态，我可以随时吊销您的驾照。我还是带您去喝一杯真正的咖啡吧。别跟我再说什么了！您现在处于一种危险状态，如果我没能给您提供足够的帮助，我会自责的。"

他们走出了警察局。在街角的咖啡馆里，他们找了张桌子，玛丽给他讲了一个来自洪都拉斯的小女孩的故事，讲了她是如何在一个下雨的周日下午来到他们家里的。等到她讲完这些故事之后，他们已经吃完了两个煎蛋。

"您的丈夫为什么没有来？"

"我想他已经没法承受这一切了。他非常内疚，认为是之前在车里的争执才迫使丽莎离家出走的。"

"当然了，但是如果我们连责骂小孩的权利都没有，为什么要生养他们呢？"

玛丽看着他，完全愣住了。

"我只是跟您开个小玩笑罢了。"

"那您呢？心情为什么这么好？"

"对，我刚刚在办公室里的确跟您这么说过，您真的是个很专心的人。"

"我可是记者！"

"现在还是吗？"

　　"不是了。就像您刚刚说的那样，我有两个孩子，生活里有些时候就是要学会取舍的。您还没有回答我的问题！"

　　"我终于意识到，我也许会在某一个时刻再也无法忍受纽约。"

　　"这让您很开心吗？"

　　"不是，只是让我想清楚了一些东西。我得承认，有些时候我对别人的想念，比我能想象到的还要深重。"

　　"我还是看不到这有什么值得高兴的！"

　　"对我来说的确是件好事情，现在我要做个决定，再不决定就晚了。"

　　"什么决定？"

　　"申请调职！"

　　"去找那个让您想念的人？"

　　"我记得您现在已经不做记者了吧？"

　　"对我来说，寻找丽莎也是一件重要的事情，如果她没有离家出走，我也想象不到她居然会对我这么重要。"

　　"如果您能坚持住的话，今天晚上再来找我吧。开车的时候一定注意安全。"

　　玛丽站了起来，想要去付账，但是皮尔格雷一把就夺过了账单，给了她一个让她立即去休息的手势。玛丽向他道了谢，走出了咖啡馆。一整天，她都在纽约城里逛来逛去。等到她经过《纽约时报》大楼底下的时候，她突然觉得心脏抽动了一下。她漫无目的地一直开到了SoHo区，停在了之前那栋公寓楼底下。街区已经和之前完全不一样了。

她看着商店橱窗里的倒影，突然很愤怒地自言自语道："我和之前完全不一样了。"她给菲利普打了电话，菲利普告诉她蒙特克莱这边也没有什么新消息。玛丽深呼吸了一会儿，重拾了勇气，然后去法纳里餐厅喝了一杯咖啡，开车去往纽约城的南美族群聚居区。

下午的时间很快就过去了，丽莎已经失踪了 24 小时，玛丽能感觉到有一种焦虑感正在自己的胸口滋长。疲惫感也增大了她的压力。她在人行道上，愣愣地站在人群中看着一对母女，那个女儿看起来和丽莎是一样的年纪。傍晚的时候，她开车驶向警察局的方向，并在路上拨通了皮尔格雷探长的电话。

皮尔格雷让她到上午的那家咖啡馆来。玛丽先到了。在咖啡馆里面，玛丽渐渐适应了这种昏暗的环境，她来到厕所旁的自动售货机前，拿出包里的硬币，买了包温斯顿香烟。

玛丽坐在了咖啡馆的柜台前，接过了侍应生递给她的打火机，开始抽烟。很快她感到了一阵眩晕，然后就咳嗽起来。

酒保很担心，他问玛丽是不是还好。玛丽那种紧张和神经质的声音让他觉得很不安。

皮尔格雷推开了咖啡馆的门，他们一起坐到了一个包厢里。皮尔格雷点了一杯啤酒，玛丽犹豫了一下，也要了杯一样的。

"我这一整天都在处理您女儿的事情，整个纽约城应该没有巡逻车不知道她走失的消息了。我还去了波多黎各街区，和所有的线人都谈了谈，但他们都没有见过您的女儿。从一个方面来说，这应该是个好消息，证明她还没有被那些歹人盯上。如果真的出了什么事的话，他们也会立即通知我。现在丽莎已经在我的保护范围内了，我的一句话在很多地方比手枪还要有用。"

"我不知道该如何感谢您。"玛丽喃喃地说。

"那就不用谢我了！听着我接下来跟您说的话。现在，您应当立刻回家，不然您可能就要交待在这里了，即使我们找到您的女儿对您也没有什么意义了。您能回家安静地等着就已经是对我们最大的帮助了。"

皮尔格雷告诉她青少年离家出走的时候，常常会走大人们想不到的路。丽莎可能是一时冲动才走的，但或许她已经早有计划。她会走一条规划好的线路。这句话给了玛丽灵感，她开始在记忆中搜寻，想丽莎可能会去哪里。上次旅行的时候，丽莎是不是说过山里的一棵树让她想起了故乡？她是不是当时就已经想过要回去？

"我们之前曾经去洛基山玩过，这可能是个线索。"

苏珊会不会跟丽莎提过某个她小时候曾经玩耍过的地方？玛丽想到了蒙特克莱的山丘，但是她已经去那里找过了。

"那就过去找找？"皮尔格雷说。

丽莎是不是在什么地方看到过洪都拉斯国旗？玛丽想到她之前曾经在火车站后面的树干上画过一面国旗。或者有没有什么地方能让丽莎觉得离故乡近一点的？玛丽又想起了菲利普之前跟她讲过的那架红色滑梯，但是这件事情已经过去很久了，是丽莎刚来美国时候的事情了。

"如果是我，我可能会去所有的这些地方找一找。她说不定就在其中的某个地方。"皮尔格雷又继续说，"但是鉴于您现在的状态，还是不要勉强自己的了，有事给我打电话吧，快点去休息一下。"

玛丽向他表达了谢意，就离开了座位。在离开咖啡馆之前，她把手放在了这位警察的肩膀上。

"您相信滑梯的力量吗？"

"滑梯的力量？是不是站在下面，就不用担心被高空落物砸到了？快点走吧！"

玛丽排除了丽莎去坐火车的可能性。她很清楚丽莎的兔子里会有多少钱，显然不够买火车票。她来到了长途汽车站，这次要求见他们的负责人。一个工作人员认出了她，请她在长椅上稍等一下。最后，一个肥胖的男人请她进了自己的办公室。办公室很局促，但是男人的态度非常好，很乐意为玛丽提供帮助。

玛丽向他出示了丽莎的照片，想请教他丽莎有没有可能坐长途客车到中美洲去。"我们往南的线路最远只到墨西哥。"男人回答道，一面还用手背擦着自己脑门上的汗。自从丽莎失踪之后，已经有3班长途车向墨西哥开去了。男人艰难地站起身来，开始在墙上那张巨大的列车时刻表中寻找这几班车出发的准确时间。接着，他又从一个架子上找到了一本极厚的电话本，开始给其中的一些休息站打电话，因为汽车前进的途中会在这些地方停车吃饭。玛丽还请求他让这些车的司机和纽约总站联系。虽然这位负责人委实有些行动不便，但是他还是坚持把玛丽送到了车站门口。玛丽非常感动，对这位负责人连连道谢，后者又向她补充说道，如果真的有一个这样年纪的小女孩上了车，

司机不可能完全没有印象。他又强调说，无论如何，丽莎绝对出不了
美国的国境线!

　　为了抗拒睡意，玛丽一直开着车窗，现在她可不能睡着。时间到
了晚上 8 点 20 分，麦当劳的停车场里已经没有位置，但是那架红色
的滑梯正在一旁安静地睡着。玛丽走过了附近所有的街道，大声喊着
丽莎的名字。在麦当劳里面，所有的员工都表示他们从来没有见过照
片上的这个女孩。玛丽又开车去了蒙特克莱高处的山丘，一直开到了
禁止车辆继续向前的栏杆位置。她停下了车，步行走上了山间的小路，
一直来到了山顶。借着黄昏昏暗的光线，她大声叫着丽莎，但是连回
声都没有回答她。她甚至有种冲动，想直接躺在地下算了。黑夜降临，
她觉得自己已经逼近了体力的极限，最终决定回家。

　　托马斯坐在客厅的地上，玛丽温柔地陪他说了会儿话，然后就准
备回到自己的房间。上了楼梯之后，她突然意识到房子的一层似乎太
安静了一点，不由得往身后看了看，结果发现电视的屏幕竟然是暗的。
托马斯正在看一个根本没有打开的电视。她又从楼梯上走了下来，跪
在他的旁边，把他搂到怀里。

　　"亲爱的，这几天我们都没有精力照顾你，让你受委屈了。"

　　"你觉得她会回来吗?" 小男孩问道。

　　"我想她可能不愿意回来。"

　　"是因为她和爸爸吵架了吗?"

　　"不是，其实我的责任更大。在我的身边，她生活得不是特别
愉快。"

"你爱她吗？"

"当然爱，你为什么要问这个问题？"

"因为你从来没有说过。"

玛丽的心底突然被儿子的话触动了。

"别在这里待着了，去给我们做 2 个三明治，我去换衣服，然后下来和你一起吃晚饭。你知道爸爸去哪里了吗？"

"他去警察局了，一小时后回来。"

"那就做 3 个三明治，哦不！应该做 4 个！"

玛丽又走上了楼梯，几乎是拽着栏杆才能迈动步子，一直走到了菲利普的工作室里。

工作室里没有一点灯光，玛丽摸了一下桌上的台灯，开关是感应式的，只要触摸一下开关就能打开。

她朝菲利普的书架走了过去，取下了那张照片。照片上，苏珊开心地笑着，仿佛在证实往昔的幸福。玛丽用疲惫的声音对她说：

"我需要你。你看看，在这个家里，我就像一个傻瓜一样。在我的一生中，从来没有像现在这么无助。我来就是想让你帮助我。因为你在另一个世界，所以你什么都能看到。你知道的，我一个人没法完成所有的事情。我知道你在想些什么，但是如果你不想让我爱上她的话，就不应该把她送到我们家里来。我只想向你乞求一个权利，一个爱丽莎的权利。帮帮我吧，不要担心，你永远都是丽莎的母亲，我向你保证。但是你至少给我一个信号吧，什么样的信号都可以，你能做到的，对不对？"

一直在强忍的泪水从玛丽的眼眶中滑落。玛丽坐在菲利普的椅子上，把苏珊的照片贴在胸膛上，把额头抵到了桌子上。等到她抬起头来的时候，她看到了那个木制的小盒子，钥匙就放在旁边。但她还是站起身来，走下了楼梯。

在房子的门口，她对托马斯说道：

"你在家里好好待着，吃掉你的三明治，随便看看电视。等爸爸回来的时候，你跟他说我稍后会给他打电话的。最重要的是，你不要给任何人开门，你明白了吗？"

"我能问问你出什么事情了吗？"

"等一等吧亲爱的，稍后我会跟你解释的。现在我是真的没有时间了，你只要照我说的去做就好，我向你保证过几天我们会好好地补偿你的。"

玛丽匆忙坐进了车里，迅速地发动了汽车，引擎已经启动。她把车子开得飞快，超过了路上所有的车辆，她一会儿拐上左车道，一会儿拐上右车道，后面的车辆都对她摁喇叭表示不满，但是她完全没有理会。她觉得自己的心脏都要从胸膛里跳出来了。随着时间的推移，她一直在提高车速。她几乎错过了正确的出口，但还是成功地从第47号出口离开了高速公路。10分钟以后，她把车停在了人行道的旁边。她也没有理会身后叫住她的警察，而是直接闯进了那栋楼里。她跑得极快，气喘吁吁地爬上了楼梯。到了走廊的尽头，她停在了一间屋子的门前。隔着门上圆形的小窗，她试着调匀自己的呼吸，然后推开了门。

在纽瓦克机场一号航站楼的一家酒吧里，一个14岁的女孩坐在一张桌子旁边，看着窗户外的跑道。

玛丽缓缓地穿过了酒吧的大堂，坐在了她的对面。丽莎感觉到了她的到来，但是眼睛却一直在看飞机。玛丽没有同她说话，只是把自己的手放在了她的手上，由着她保持沉默。丽莎并没有转过头，而是保持着现在的姿势对玛丽说：

"妈妈就是从这里出发的吗？"

"是的，"玛丽回答道，"就是从这里。看着我，只要一下就好，我有很重要的事情要跟你说。"

丽莎慢慢地转过了身，看着玛丽的眼睛。

"当我第一次看到你的时候，你穿着全身湿透并且过小的衣服，背着你的包，拿着你的气球，我从来没想到过这个小女孩会在我的生命中占据如此重要的位置。我从来没有害怕过生活，直到今天也没有。我希望我们可以互相许下一个承诺，这是我们之间的一个秘密。不要再说离开了，等到你高中毕业考之后，等到你19岁的时候，如果那边对你来说依然是你的故乡，如果你还是想要离开，我会亲自开车把你送到这个机场，我向你保证。你是一直都坐在这里吗？从来没有思念过任何人？"

丽莎的面部轮廓变得柔和了，她的嘴上漾起了一个害羞的笑容。

"没有，我谁都没想。我们现在回家吧。"她小声说道。

她们站起身来，玛丽在桌子上留下了几美元，然后两个人一起走出了酒吧。到人行道上之后，玛丽一把取下了雨刷上的违章停车罚款单，把它扔了出去。丽莎问了她一个问题：

　　"你对我来说到底是什么人？"

　　玛丽迟疑了一下，然后回答道。

　　"我是你的悖论。"

　　"什么叫悖论？"

　　"今天晚上你睡觉之前，我会跟你解释的。现在，我的眼睛有些累了，这里也没有能做蛋饼的原料。"

　　玛丽用车上的电话拨打了家里的号码，菲利普立即接了起来。

　　"她现在和我在一起，我们马上回家，我爱你。"

　　她接着又打通了一个探长的电话，这位探长在几天后就会向上司申请调往旧金山。大家都说那座城市真的很美，而且娜塔莉亚在那里工作。

　　他们回到家之后，托马斯立即扑到了丽莎的身上，丽莎把他搂进了怀里。两个大人给他们端来了一盘水果。丽莎并不饿，她只是有些累了，想好好睡一觉。

　　在她的卧室里，玛丽坐在床边，抚摸着丽莎的头发。她在丽莎的额头上吻了一下，正打算离开，突然听到丽莎在一天之内第二次问了她同一个问题：

　　"到底什么是悖论？"

　　玛丽把手放在了房间的门把手上，露出了一个温暖的微笑：

　　"所谓悖论，就是我永远不会是你的妈妈，而你却永远是我的女儿。睡吧，一切都会好的。"

Chapter 9

在飓风研究中心

丽莎什么话都没有说，只是不时向微笑着的玛
丽投去感激的目光。

那个夏天孩子们没有独自去夏令营。菲利普、玛丽、托马斯和丽莎在汉普顿租下了同一幢别墅。夏天的到来让他们彼此间的距离更近了，大家开起了游船，举办了烧烤派对，空气中充满了笑声和生活的愉悦。

开学之后，丽莎开始用一种跟之前完全不同的态度来面对自己的学业。她第一学期的成绩单就可以完美地证明这一点。托马斯对姐姐的态度也有了微妙的不同，青春期的到来暂时分开了他们。

圣诞节的时候，玛丽对丽莎解释说，刚刚在她身上发生的事情完全是正常的，她会周期性地流血是一种再正常不过的生理现象。这只是说明她已经成为一个女人了，再没有比这个更自然的事情了。

1月到了。玛丽为丽莎举办了"甜蜜的16岁"主题派对*，这一

---

* 编者注：北美地区流行的类似于成人礼的派对，通常在16岁时举办，但也可以在15岁时候办。

次全班同学都来参加了。第二年春天的时候，她开始担心有男生会骚扰丽莎，主动给丽莎上了女性生理心理教育课。丽莎不太关心身体上的细节，但是却很乐意听玛丽给她讲那些情感方面的内容。她对那些男生用来追求女生的技巧也非常感兴趣，还就此跟玛丽展开了好几次热烈的讨论。这还是丽莎第一次主动和玛丽谈心。她的人生中有很多问题渐渐开始需要玛丽来给自己解释，也开始需要玛丽的陪伴，玛丽很享受丽莎对她的依赖，经常不厌其烦地为她答疑解难。

暑假又要到了，丽莎经常陷入一种忧郁的情绪中，玛丽看在眼里，推测女儿心中已经有了初恋的萌芽。她们坐在城里一家叫"毕加索"的小酒馆后花园里，分享着同一份恺撒沙拉。

"好吧，看来虽然现在还没有分开，可是你已经开始想念他了，对不对？"玛丽问道。

"你也明白这种感受？"

"当然，很早之前就懂了。"

"爱情真的会让人这么难受吗？"

"因为爱就意味着要承担风险。把自己无条件地托付给另外一个人，这是一件危险的事情，意味着我们要在自己的心上开上一扇小门。这会引发一种无法用语言描述的疼痛感，甚至会让人发疯。"

"我的整个脑子里都是他！"

"亲爱的，对于这种伤痛，世界上是不存在有效药物的。我也是从这个阶段过来的，明白了只有时间的流逝才能让你理解爱情，让你平复它带来的痛楚。当你思念一个人的时候，甚至会觉得一天比一年还要长。但是这也是属于爱情的甜蜜。你要学着适应这种情感。”

　　“我特别害怕会失去他，怕他又遇到别的女生。他要去加拿大参加一个夏令营。”

　　“这也是有可能的。我明白你担心的原因。这个年纪的男孩子是很多变的。”

　　“那之后就不会这样了吗？”

　　“他们中有一部分人会定下心来，不过数量不多。但是还是有的！”

　　“如果他背叛了我，我就再也不相信爱情了！”

　　“不，你肯定还会重新恋爱的，我替你检验过了。我知道在你当前的状态，会很难相信我说的话，但是我们还是会重新爱上别人的。”

　　“那么我该做些什么，才能让男孩子爱上我呢？”

　　“对于男孩子来说，最大的技巧就是要欲擒故纵，要有所保留，要一直保有神秘感。这样他们就会为你疯狂了！”

　　“对的，我也发现这一点了！”

　　“嗯？你是怎么发现的？”

　　“我觉得神秘感是我性格的一部分。我特别擅长有所保留。”

　　“如果这样的话，就一定要注意维持好你的名声。这对你之后的路很重要，要保持好平衡。”

　　“我不明白。”

　　“如果我再继续跟你聊这种话题，你的爸爸会杀掉我的。但是你真的比你的实际年龄成熟很多。"

"快说吧。"丽莎跺着脚恳求玛丽。

"如果你拒绝和男生们一起玩,他们就会以为你是个假正经的女人,不会喜欢你;可是如果你太经常和男孩们一起出去,你会就被当成一个很随便的女生,这也不是什么好事情。"

"这一点我也注意到了。我的朋友珍妮应该就是失去了这种平衡。"

"丽莎,如果有一天爱情在你的生命中占据了很重要的位置,我希望你也可以跟我来聊你心里的想法,还有你的顾虑。妈妈的作用就在于此。"

"那你呢?你在像我这么大的时候,是谁跟你解释了这些事情?"

"没有人跟我解释,所以我那段时间就过得非常艰难。"

"你多大的时候交了第一个男朋友?"

"总之不是你现在的年纪,时代已经不同了。"

"我觉得交男朋友好像是一件很可怕的事情。"

"那就再等一段时间吧,你就会改变想法的。"

吃过饭之后,她们一起在小城的街道上逛着,希望能从商店里找到一件能一举搞定那个男孩子的衣服。

"你明白的,"玛丽说,"大家都说,在爱情里外表不是那么重要,可是要是想搞定男孩子,外貌可是有极大的重要性!总而言之,一定要找到一件适合你的衣服!"

走进"香蕉共和国"的店里,丽莎一直在犹豫要不要试一条黑色的紧身裤。导购告诉她,以她的身材穿什么都可以。过了一会儿,

丽莎进了试衣间，还是那个导购，告诉玛丽说她的女儿真的是美极
了。听到这种评价，玛丽心中没有一点嫉妒，只有一种强烈的自豪感。

　　走出店门，来到人行道上，玛丽和丽莎的手上都拿着许多购物袋。
丽莎吻了玛丽的脸颊一下，在她的耳边说那个男孩叫史蒂芬。

　　"好吧，史蒂芬，"玛丽大声地笑着说，"你的麻烦要来了！你
肯定要用整个假期的时间来担心丽莎爱上别人！我们等着瞧吧！"

　　夏天的时候全家又去了汉普顿度假。丽莎每个星期都会偷偷地给
那个叫史蒂芬的男孩写两封信。在信里，丽莎一直在暗示史蒂芬她很
想念他，但是她的身边也不乏有趣的男孩，而且她度过了一个很棒的
假期，做了很多运动。她还告诉他，希望他在夏令营里玩得愉快。寄
出信之前，她很担心这些信会让史蒂芬误会，但是玛丽告诉她说"几
句话不会死人的"，劝她勇敢地把信寄出去。

　　假期过去了，史蒂芬又回到了丽莎的班级里和生活里。

11月的时候，丽莎那种忧郁的情绪又出现了。玛丽了解到这次史蒂芬要跟全家去科罗拉多州滑雪。接着，她没有征询任何人的意见，只是在晚餐桌上宣布，她觉得丽莎应该学滑雪。这个时候，史蒂芬的姐姐辛迪适时发来了邀请。对于菲利普来说，圣诞节当然要全家人聚在一起，但是玛丽的立场却很坚定，因为丽莎要到12月27号，也就是圣诞节后两天才会离开家里。新年前夜的时候，大家可以互通电话，这也是成长路上的必修课，不是吗？

玛丽的眉毛又挑了起来，看在她眉毛的面子上，菲利普终于同意了。

丽莎离家期间，他们只收到了一张明信片，还是女儿在返程的前一天才寄给他们的。玛丽只好不停地安慰菲利普，跟他说其实应该感到高兴，因为如果丽莎每天都写信回来，那才值得担心。

他们三个人一起度过了新年前夜，为了不让其余两个人感受到分离的伤感，玛丽准备了一桌丰盛的团圆饭。但是，坐在餐桌旁边的时候，那张空空荡荡的椅子让他们整晚都有些难受。在之前的一个夏夜里，她曾经告诉过丽莎，爱就是在自己的心上开一扇小门，现在她心上的这扇门已经被丽莎打开了。

随后的两个月里，玛丽越来越想重新当一名记者。她开始"单纯为兴趣"而撰写一些专栏，然后"出于好奇"和当年的大学同学、现在的《蒙特克莱时报》的主编共进了晚餐。让她惊讶的是，主编主动邀请她为报纸撰写一篇文章。当然，如果让玛丽重新开笔，还是需要相当长一段的适应时间，但他告诉玛丽可以由她来选择题目。告别之前，他向玛丽保证说，如果她真的想重拾这份职业，他可以在力所能及的范围内提供帮助。"为什么不呢？"在回家的路上，玛丽这样告诉自己。

❧

菲利普坐在自己的工作台前，看着穿过窗户的阳光。玛丽刚刚从市政图书馆回来，她走进门来，打断了菲利普的思绪。

看到玛丽进来，菲利普抬起了眼睛，对妻子微笑，等着她开口说话。

"你觉得人在 40 岁的时候还可以重新开始追求梦想吗？"

"当然可以，如果梦想还在的话。"

"生活到了这一步，我们还能奢求改变吗？我们自己还能适应改变吗？"

"我们可以试着去接受改变，因为我们已经成熟了。"

"菲利普，这么久以来，我是头一次感觉到你真的站在我这边。这让我觉得很幸福。"

在这个 1995 年的初春，玛丽感觉到幸福真正地降临到这座屋子里，而且永远不会离去。

她收拾了丽莎的房间，因为天气已经很热了，所以她决定把床垫翻转到适合夏天睡的那一面。接着，她就发现了丽莎那本黑色封面的线圈本。她犹豫了一会儿，坐到了菲利普的工作室里，开始翻阅这个本子。第一页画着一幅洪都拉斯国旗的水粉画。每往下翻一页，玛丽的心脏都会抽紧一次。报刊上所描述的所有飓风过境后的灾区惨状都在这本图册里得到了具象化，丽莎的这个本子简直就是飓风下的洪都拉斯编年史。这就像是一个离开陆地的海员的航海日记，把海上的波涛汹涌都记录下来，好在返乡之后向亲友讲述。

夏季到来之后，玛丽已经是第五次问菲利普到底应该怎么为丽莎庆祝 19 岁的生日。菲利普被玛丽的紧张逗乐了，告诉她还有两年的时间可以考虑这个问题，玛丽却很生气，反驳他说时间流逝得如此之快，在他意识不到的情况下丽莎的生日就会到了。

这天早上，吃过早餐之后，丽莎陪着托马斯去了棒球场，玛丽又同菲利普谈起了这个话题。

"玛丽，你怎么了？"菲利普问道。

"没什么，我只是有点累了。"

"你从来都不会累的。你是不是有什么事情没有告诉我？"

"我年纪已经不小了。你还想怎么样。我总有一天会累的。"

"也许再过 30 年或者 40 年，我会相信你的话，但是现在我实在不能苟同。告诉我吧，究竟是为什么。"

"跟我来吧，我有些东西想给你看。"

她把菲利普带到了丽莎的房间里，手伸到了丽莎的床垫底下。这回轮到菲利普惊讶了，在接下来的时间里，他一直在翻看丽莎的画。

"这是一本真正的画册，丽莎可真有排版方面的天赋！我非常骄傲，她是一个有前途的创作人。你觉得是不是我的工作影响了她？"

玛丽被他气得牙都要咬碎了。

"这就是你看到这些画之后的全部想法？看到这些关于飓风、洪都拉斯、灾民的场景之后，你唯一的想法居然是丽莎有做排版工作的天赋？"

"你冷静一些。你为什么要这么激动？"

"你没有看到吗？丽莎的脑子里只有这些事情，她一直想着这个多灾多难的国家，想着那些见鬼的飓风！我以为自己已经成功地把她的注意力转移到了别处，我以为我已经让她爱上了另一种生活。可是我担心的事情还是要发生了，就在不到 3 年之后。"

"但是你到底要说什么？"

由于玛丽并没有回答，菲利普就握住了她的手，迫使她坐在了自己的腿上。他用手臂圈住了玛丽，以一种平和的语调同她对话。玛丽抽泣起来，把头放在了他的颈窝里。

"亲爱的，"菲利普对她说，"你想想看，如果你的妈妈被暗杀了，如果你童年时候的玩伴都被同一个杀手夺去了生命，难道你不会对这个连环杀手留下心理阴影吗？"

"我不明白你的意思。"

"对丽莎来说，飓风就是那个连环杀手。还有谁比你更明白搜集资料的意义呢？搜集所有的资料能帮我们更好地了解对手。这是你在大学课堂上和最初的职业生涯中就学会了的东西。丽莎也是一样。飓风毁掉了她的童年，她就想搜寻和它有关的一切材料，把这些记忆全部都贴在本子上。"

"你说这些是为了安慰我吗？"

"玛丽，不要放弃，尤其是现在千万不要放弃，丽莎需要你。我知道丽莎的到来彻底改变了你的生活。这一点，在她出现在我们家门口的时候你就已经知道了，虽然你一直不愿意承认。你抗拒这一切，虽然你可能预见到了将来的幸福，但她还是改变了你辛苦建立的秩序，所以你很恐惧。但是后来，丽莎离你越来越近，你也对她打开了心门，发现其实你也爱她，爱这个小女孩。我知道刚开始的时候一切都很艰难，这一定需要很多的勇气。"

"你在说些什么？"

"说你的耐心，说你的忍让。忍让是需要勇气的，要对自己有强烈的信心才可以做到。"

菲利普合上了丽莎的本子，把它放在了床上。然后他看着玛丽，开始解她的衬衫的扣子。当他把手放在玛丽赤裸的胸脯上的时候，玛丽终于忍不住笑了。

"不要在丽莎的房间里这样吧。"

"我想她也马上就是个成年人了吧？你是因为她的这本画册才一直担心她的 19 岁生日吗？"

　　"不是的，笨蛋，"玛丽哽咽着说，"是因为我害怕那天所有的外送餐厅都会关门！"

　　2小时以后，玛丽跟菲利普分享了一个她之前从来没有预料到的想法。

　　"我想我明白你的感受了，明白苏珊离开的时候你是怎么想的。当你的心被感情左右的时候，那种无力感是非常可怕的。"

　　第二天早上，玛丽又去了图书馆查找材料。突然，她想写一封信。她拿起了一个信封，在上面用钢笔写道"国家飓风研究中心 公共关系部门 11691 S.W. 第 117 号街 33199 佛罗里达州"。两天之后，对方收到了这封信，他读到了如下的文字：

蒙特克莱 NJ 1995 年 7 月 10 日

尊敬的国家飓风研究中心公共关系负责人：

　　我是一名记者，想要在之后的《蒙特克莱时报》上发表一篇关于飓风的研究性文章。所以我希望能得到您的帮助，不知您可否在方便的时候见我一面。为了能让您明白我这篇文章的意义，请允许我向您解释一下我写作的背景……

在这封总计 5 页的长信最后，署名是玛丽·诺尔顿。

10 天之后，玛丽收到了回信。

亲爱的夫人：

　　您的来信引起了我的注意，从 5 月开始，我们一直都在忙于调试在佛罗里达国际大学新建成的实验大楼。我想，从 9 月起，我们就可以在这里接待您和您的女儿丽莎了。有鉴于您的要求的特殊性，我希望能与您沟通有关这次会面的细节。您可以随时来办公室找我。

　　最后，夫人，请接受我的敬意。

P. 艾伯特

　　接下来的一个星期里，玛丽请《蒙特克莱时报》的主编吃了一顿午饭。他们最后在报社楼前的广场上告了别，然后玛丽去了旅行社，买了一张纽约到迈阿密的往返机票。她的航班将于次日早晨 6 点 25 分出发。起飞之前，她给艾伯特先生的秘书打了一个电话，同他确认自己将于第二天中午 12 点前往艾伯特先生的办公室。如果运气够好的话，她也许当天晚上就可以回到蒙特克莱。

　　清早的时候，她轻手轻脚地下了楼，没有吵醒任何人。她在厨房里喝了一杯咖啡，看着太阳在窗外升起，然后又轻轻地关上了房子的大门。在前往纽瓦克机场的高速公路上，涌进车窗的晨风已经带有些许温度。玛丽打开了车上的收音机，开始大声地唱起歌来，连她自己都被这种举动吓到了。

　　中午 11 点整，飞机降落在了迈阿密国际机场。玛丽没有行李箱，所以很快就从航站楼里走了出来。她迅速从租车行里取出了要租的车子，把地图摊开放在副驾驶座上，驶向弗吉尼亚花园方向，她转上了826号快速路，然后拐到了西迈阿密的弗拉加米方向，最后进入了117号大道。地图给她的指示全部都是正确的，最后她停在了佛罗里达国际大学的门前。她向门卫说明了情况，然后就开进了校园，把车停在了停车场里。飓风研究中心是一座白色的混凝土建筑，感觉像是一个现代风格的小型掩体。

　　"亲爱的夫人，您一下子就点明了我们设计这栋楼的初衷！当然，既然我们当时把驻地选在了迈阿密，就的确幻想过在海边建起带有大平台和落地窗的美丽小楼。但是，由于我们的使命，还是决定把实验室设计成可以完美阻挡飓风的建筑。阻挡飓风，这也是每一个研究者的心愿。"

　　"台风或者飓风，它们有这么可怕吗？"

　　"就像广岛和长崎的原子弹爆炸一样可怕。"

　　艾伯特教授来到实验室中心的大厅里接待了玛丽，他把她带到了自己位于大楼另一翼的办公室。玛丽把所有的东西都放在了那里，然后教授就请她与自己一同去一个地方：他有些东西想要给玛丽看。整栋楼都没有窗户，这让玛丽感觉自己好像身处在一个战舰中。艾伯特教授推开了一个展览厅的大门，在他们的左首是很多高大的白墙，上面挂着许多屏幕，播放的是飓风研究中心的监测飞机实时传回来的场景。从云图上来看，飓风就是一些巨大的、由云朵组成的旋涡，看起来既壮观又可怕，但是在它的中心，却有一小片没有云的区域，这就是所谓的飓风眼。

"如果我们是从上空来俯视飓风，几乎会有一种它们其实很美丽的错觉，不是吗？"

艾伯特教授的话在这个空荡的大厅里引发了不少回音。但是随后他的语调就变了，玛丽觉得他的声音好像都沉痛了起来：

"但在我们右边的墙上，展示的就是云层之下的场景。这些图像能够提醒我们身上所肩负的使命的重要性。您只需看看这些图像，就能明白我在说些什么了。每一幅场景都能向您展示飓风可怕的破坏性。成百上千乃至上万人都会因此而死亡，许多地区都被完全摧毁，很多城镇都因此完全在地图上被抹去。"

玛丽靠近了一幅图像。

"您正在看的这张图属于一个名叫'法夫'的飓风，'法夫'是我们给这个杀手取的名字。它于 1974 年侵袭了洪都拉斯，几乎毁掉了整个国家，造成了难以挽回的损失，令数十万人流离失所。请您设想一下，10000 具孩子、女人和男人的躯体如果被堆放在一起，将会构成怎样噩梦般的场景！围绕着这幅图像的是一些小的照片，这都是灾难后的实景。我们只是从中筛选出了一部分，可它们还是令人难以接受。"

玛丽已经不知该如何开口了，她往后退了几步。艾伯特教授又指了指另一面墙。

"这面墙上的图像都是拍自 1989 年的飓风。其中'阿里森''巴利'‘尚达尔'‘迪恩'‘艾琳'‘菲利克斯'‘加布里埃尔'‘卡恩'‘杰瑞'和‘伊利斯'都是其中著名的杀手，当然也不应该忘记‘雨果'的存在，它可是毁掉了查尔斯顿城和南卡罗来纳州的很大一部分。您在信中提到的那个飓风很可能是‘吉尔伯特'，它曾经在 1988 年肆虐一时，在它到来之前，先期的降雨就已经夺走了很多人的生命。我已经确认过了，可惜我们没有关于洪都拉斯的数据。夫人，我无意冒犯，可是您确认要让您的女儿看到这些图片吗？"

"应该就是这个‘吉尔伯特'或者是它的某个‘亲戚'夺走了她母亲的生命。从那之后，丽莎就对飓风抱有一种偏执的热情。"

"这可能是这个地方对她并不合宜的另一个理由。"

"只有无知才会导致恐惧。我就是为了对抗恐惧，才成了一名记者。丽莎想了解飓风，但是她并不知道在哪里才能得到有效信息。所以我要帮助她，也会陪着她一起经历这些可怕的时刻，不管它们到底有多么难熬。"

"恐怕我无法赞同您的观点。"

"艾伯特教授，我需要您的帮助。我的女儿一直无法长大。她说话的时间越来越少，以至于每次她只要一开口，我们都觉得遇到了什么了不得的事情。随着时间的推移，我眼见她把自己封闭在一种深重的恐惧中。她在每一次暴雨中发抖，她极其害怕下雨。可是只要您见过她，就会明白她是一个多么勇敢的人，她是那么骄傲，以至于不屑于向我们掩饰她的恐惧。几乎每个星期我都要到她的房间里去一次，哄着被噩梦惊醒的她再次入睡。我看到她全身都被汗水浸透，被噩梦纠缠，可是我几乎连叫醒她的能力都没有。有的时候，她会咬着自己的舌头，直到咬出血，只是为了对抗自己的恐惧。没有人知道她到底有多么害怕飓风。我想她需要知道，世界上还有您这种人的存在，让她知道飓风是可以战胜的，知道您正在监控飓风，知道科学可以保护民众。我希望她可以看看天空，知道云也是可以很美丽的。我希望她的夜晚可以充满美梦。"

艾伯特教授邀请玛丽和他一起往前走，唇边还挂着一丝微笑。等到他们打开展览厅的大门时，他转过身对玛丽说：

"我不能对您说我们的手段是非常有效的，可是我们的确有一些办法。请您随我过来，我会向您展示实验楼的其他部分，然后再同您探讨究竟应该怎么做才比较妥当。"

玛丽给菲利普去了一个电话。等到她离开研究中心的时候，时间已经太晚，她无法在当晚赶回蒙特克莱。她坐在迈阿密沙滩旁的一个宾馆房间里，可以听到夜晚海上传来的风声。

"你今天会不会过得太累？"菲利普问道。

"不会，其实今天收获还挺大的。孩子们吃过晚饭了没有？"

"我们三个人一直在丽莎的房间里讨论这件事情。我已经叫了外卖。你呢？吃过饭了没有？"

"没有，我现在就打算下楼吃些东西。"

"我好讨厌这种你不在我身边的感觉，觉得自己变成了一个没有温度、没有人陪伴的雕塑。"

"你知道吗？在迈阿密，连雕塑都会被海风吹得晃动起来。我打算找家酒吧。我想你了。"

"我也想你，特别地想。你的声音听上去很累。"

"你知道的，今天真是特别的一天。明天见，我爱你。"

在迈阿密的海滩上，沿着那条海滨大道，每一家开门的餐馆或者酒吧都播放着带有热带风情的乐曲，让人直想进去摇摆自己的身体。但是每隔一公里，就会有一个标志，提醒人们在飓风出现的时候前往避难所躲避。第二天，玛丽搭乘了最早的一班飞机。

1995 年 9 月 11 日的晚上，电话铃响了起来。艾伯特教授向玛丽提议明早正式进行那场规划已久的参观活动。挂断电话之后，他就开始落实所有的事情。第二天早上 7 点，玛丽再次在电话里听到了他的声音："请乘坐今天最早的航班。明天我们就要迎接真正的、属于飓风的洗礼了，您进门的时候要通过一些门禁，我会在大门口迎接你们。"玛丽走进了丽莎的房间，看到她正在换衣服，就打开了她的衣柜，帮她打包行李。

"你在做什么？"丽莎很惊讶。

"这个星期你不用上学了。但是你可能会做出整个学生时代最精彩的一篇报告。"

"你在说什么？"

"现在不是详细讨论这些事情的时候。去厨房吃点东西，我们一小时后要去赶飞机，在路上我会跟你好好解释的。"

玛丽在高速路上把车开得飞快，丽莎不停地问她究竟要带自己去哪里，她们为什么要进行这场突如其来的旅行。玛丽回答说，在这种车速下，她没办法同时做两件事情。过会儿在飞机上，她们有的是说话的机会。

她们穿过了航站楼的大厅，向登机口跑去。玛丽用手拉着丽莎，越跑越快。等到她们跑上了上行的电梯时，丽莎再次提出了同一个问题：

"我们到底去哪里？"

"去玻璃门的另一头！"玛丽回答道，"跟我来，相信我！"

丽莎透过舷窗看到了外面壮观的云海，飞机正在穿过云层，她们马上就要降落在迈阿密国际机场了。整个飞行期间，玛丽一直都在装睡，丽莎一直不明白究竟发生了什么事情，为什么下飞机也要用跑的。很快她们就在行李传送带上提到了行李，跳上了一辆出租车，开始朝弗拉加米开去。

"我不记得国家飓风研究中心究竟在什么地方了。"出租车司机说。

"您左转上117号大道，然后走两公里之外的入口。"玛丽回答道。

"国家飓风研究中心，这是什么东西？你之前来过这里？"

"也许吧。"

她们来到了研究中心的大门前，已经有人等在那里，给她们送上了门卡。丽莎和玛丽一起在接待大厅里等待，艾伯特教授很快就出现了。

"你们好！你一定就是丽莎，我很开心可以在国家飓风研究中心接待你。美国一共有 3 个热带气候研究机构，我们就是其中之一。我们的使命，是从飓风的手中拯救生命和保护财产。我们研究各种极端的气候现象，对它们进行分析，然后提出监控或者防御方面的建议。我们收集到的数据不仅会为美国政府服务，同时也向国际社会开放。稍后，我会带领你们对实验楼做一次全面的参观，我们今天中午刚刚得到了一组信息，这将会让你们此次的来访充满价值。过一会儿，也就是下午 2 点左右，你们就可以正式地看到本年度在大西洋上生成的第 14 号热带气旋了。傍晚的时候，它应该就会变成一次热带风暴，明天也许就是飓风了。"

　　艾伯特教授一边同她们介绍着具体情况，一边把她们带到了一条长长的走廊里。他推开了两扇沉重的木门，里面是一间类似机场中控室的房间。在房间的中间，有一台巨大的打印机正在不停地吐出纸来，有人取走了这些纸，又把它们分发给了其他人。所有人看起来都是出奇的忙碌。艾伯特邀请她们靠近雷达屏幕。山姆，也就是具体操控雷达的人，一直盯着面前的屏幕，视线一刻也没有从上面离开过，同时还不停地在一张纸上记着什么。屏幕上，有一个清晰的轨迹正在显现，在西北角处出现了云层的聚集现象。丽莎坐在专门为她准备的椅子上，那位气象学家专门为她讲解了该如何阅读这些数据。最开始的那些数字代表着气旋出现的时间，字母 M 之后的数字代表了它存在的天数，SNBR 那一栏中的数字则是气旋的编号。

　　"那 XING 是什么意思？"丽莎问道。

　　"那是'是否穿越边界'的缩写，后面的数字是 0，说明它没有进入美国境内，或者说暂时还没有。如果这个数字不是 0 的话，那就证明它已经侵入我们的领土了。"

"那 SSS 这一栏里的数据呢？"

"是代表着我们官方的分级。你知道的，地震的强度是由里氏震级来表示的，而自从 1899 年开始，飓风的分级就遵循萨菲尔 – 辛普森分类法。你看，如果这 3 个 S 之后的数字是 1，那就代表这是最小级别的飓风。"

"那如果数字是 5 呢？"

"从 3 开始就已经是一场真正的灾难了！"山姆回答道。

在整个参观的过程中，玛丽的眼睛一直没有离开女儿。在通往操作室的那条长长的走廊里，丽莎抓住了玛丽的手，喃喃地说："这一切都太不可思议了。"

她们在研究中心的咖啡厅里吃了午饭，丽莎还想回到显示屏前，看看那些婴儿般的热带气旋是如何生长变化的。团队里所有的人都正在开会，当丽莎走进房间的时候，正轮到艾伯特教授发言。

"先生们，现在是格林尼治时间 0 点 10 分，也是迈阿密当地时间 22 点 10 分。通过刚刚美国空军的飞机为我们传回的数据，我们已经可以把 15 号气旋正式归类为热带风暴，它现在的位置是北纬 11 度 8 分，西经 52 度 7 分。中心负压为 1004 毫巴，风速为 35 海里 / 时。我希望大家可以立即对它展开严密的监控。"

艾伯特教授转向了丽莎，给她指了指固定在中间墙壁上的那块大屏幕上的小红点。

"丽莎，你刚刚见证了一场热带风暴的诞生，我向你正式介绍'玛丽莲'。你可以参观我们在这里所有的操作流程，我们会向你展示它从生到死的所有过程，当然我希望它可以尽快地从地球上消失。我们准备了一个房间，如果你和你的妈妈觉得累的话，可以在那里休息。"

过了一会儿，她们到了那个预留好的房间里，接下来几天她们都可以在这里睡觉。丽莎什么话都没有说，只是不时向微笑着的玛丽投去感激的目光。

次日，也就是 1995 年 9 月 13 日，丽莎在吃过早餐之后又来到了监控室里，坐在了山姆的身边。她觉得在这里工作的所有人都真正把她当成了团队的一分子。有的时候，大家会让她去取报告；稍晚的时候，她甚至可以在一群气象学家的面前大声朗读报告了，而那些人就随着她读的过程不停地记录数字。午饭过后，她在大家的脸上看到了焦虑。

"怎么了？"她问山姆。

"看看屏幕上的数字，现在风速已经达到 60 海里/时了，但是更糟糕的是压力数，这可不是个好消息。"

"我不明白。"

"你看，这个负压数正在逐渐变小。气旋受到的压力越大，它就会越生气，我担心再过几个小时，它就要变成飓风了！"

17 点 45 分，山姆给艾伯特教授打了一个电话，请他立即过来。艾伯特教授飞速赶来，一下子就站到了显示屏的前面。丽莎移开了自己的椅子，好让教授离得更近一些。

"飞机那边的数据怎么样？"

房间的另一头有一个声音回答说：

"它们正飞往风眼附近。"

"现在风暴的位置是北纬 13 度，西经 57 度 7 分，它正在向西北方向移动，朝向桑特群岛和法属安的列斯群岛。风眼处的气压还在下降，已经低至 988 毫巴，风速已经超过了 65 海里／时。"坐在电脑前的一位气象学家补充说。

艾伯特教授起身去打印机处拿材料，丽莎看到山姆雷达屏幕上 SSS 字母之后出现了一个数字"1"。现在是晚上 6 点，"玛丽莲"已经变成了一个一级飓风。

玛丽坐在她的椅子上，一直在往本子上记着什么，还不时用眼角的余光看女儿一眼。偶尔她也会放下手里的笔，担心地看着丽莎，看到她随着时间的流逝，背部越来越僵直。在这个巨大的大厅里，只有仪器运转的声音，丝毫没有人声，就像暴风雨来临前的天气。

每当丽莎晚上做噩梦的时候，玛丽都会躺到她的床边，温柔地抚慰着她。她擦拭着丽莎额头上的汗滴，理顺她的头发，直到她的身体完全放松下来。她只能祈求老天不要制造可怕的飓风，否则这趟旅途只会加重丽莎的恐惧。接下来的夜里，她再也无法睡着，守着丽莎一直到天亮。

起床之后，丽莎又立即回到了监控室里，她不想和玛丽一起去咖啡厅。一进门，她就跑到了山姆的身边。现在是迈阿密时间早上 7 点 45 分，也是格林尼治时间 11 点 45 分。

"今天早上怎么样？"丽莎语气坚定地说。

"玛丽莲好像疯了。它靠近了马提尼克岛，正在向西北方向前行，中心压力还在下降。"

"我看到了，"丽莎机械地回答道，"它现在还是一级飓风。"

"如果你想听听我的意见的话，我想说它很快就不是了。我们马上就能收到美国空军发回的卫星云图了。如果你不想看的话，可以先出去。"

"我想留在这里。"

飞行员的声音很快在观察室里响了起来。

"空军985号飞机呼叫国家飓风研究中心中控台。"

"收到，985号请讲。"艾伯特教授对着面前的话筒说。

"我们刚刚飞过了风眼，直径为25公里，我们马上就把图片为您传送过去。"

屏幕亮了起来，出现了第一批图片。丽莎屏住了呼吸。作为一个一直站在地面观察，对飓风充满恐惧感的小女孩来说，还是第一次以这种角度审视这个怪物。它气势磅礴地旋转着，在风眼的周围带动无数的白色云层。在广播里，大家能听到飞行员的呼吸声。玛丽也来到了房间里，她端着一杯热巧克力。当她抬起了头，睁大了眼睛，完全被眼前的景象震慑住了。

"我的上帝啊！"她轻声说道。

"您眼前的这个东西应该是魔鬼。"艾伯特教授回答道。

丽莎立刻跑向了她的妈妈，抓住了她的手腕。玛丽连忙搂住她，试图安抚女儿的情绪。

"你们可以摧毁它吗？"丽莎问。

"我们没有这么大的力量。"

"那为什么那架飞机不向风眼里扔一个炸弹？在飓风还在海上的时候，就应该把它炸掉了！"

艾伯特教授看了看丽莎，把手放在了她的肩膀上。

"丽莎，炸弹对飓风是没有任何用处的，没有什么力量可以阻挡它。如果有一天我们有这个能力的话，我向你保证，我们一定会这样做的。这也是我们现在工作的目标。我领导这个研究中心已经35年了，我为这个目标献出了我的一生。最近10年以来，我们已经取得了很大的进展。现在你需要平静一点，我需要你的帮助，你一定要很有效率，要保持绝对的冷静。来帮我吧，我们要通知所有将要被飓风影响到的人，越早越好，这样他们就可以躲到避难所里去。"

飞行员说他正准备降低高度，以便更加靠近风眼。艾伯特教授让丽莎坐在了他的身边，再次拿起了话筒。"请注意安全。"

接下来的图像偶尔会不清晰，可是却更加震撼了。航空摄像头拍下了那个巨大的云圈，它的直径已经达到了35公里，高度更是有几百米之多。几分钟之后，寂静被打破了，飞行员说他将返回基地。屏幕再次暗了。现在是早上11点，山姆拿了一组数据给艾伯特教授。教授立即看了一遍，然后把它放在了桌子上，抓住了丽莎的手，然后用另一只手拿起了话筒。

"这里是飓风研究中心中控台，这是一则警报。飓风'玛丽莲'

现在的位置是北纬 14 度 2 分，西经 58 度 8 分，正在迫近美属维尔京群岛。傍晚时飓风即会到达马提尼克岛和瓜德罗普。现在，请立即进行人口疏散工作。所有位于法属安的列斯群岛的船只，无论吨位，请立即驶入最近的港口。当前风速为 70 海里／时。"

他转向了山姆，要求他把数据同马提尼克群岛研究中心的数据比对一下。然后他让丽莎坐在了一台发报机的前面，告诉她需要用大写字母编写一条警告消息，并且教会了她如何切换通话频率。

"丽莎，我需要你把信息传送到这些频率之间的每一个频道。每次发送完毕之后，我都希望你能从头再重新发送一遍。只有这样，才能防止飓风造成更严重的破坏，才能拯救人们的生命。如果你觉得累了，就让你的妈妈来接替你的工作，明白了吗？"

"明白了。"丽莎坚定地回答。

接下来的所有时间里，丽莎都在一遍一遍不厌其烦地重复发送这条信息。玛丽坐在她的身边，帮助她调整通话频道。每一次丽莎把自己的声音转化为电波时，她都觉得自己被拯救了，她知道自己终于对飓风发动了复仇。

傍晚来临，"玛丽莲"经过了马提尼克群岛与瓜德罗普。看到 SSS 之后的数字已经变成了 3，丽莎就拒绝休息，只是更加快速地向外传送信息。玛丽一分钟也没有离开过她，只是在丽莎必须离开座位的时候才接替她的工作。

玛丽转向了艾伯特教授，看他的双眼中满是红血丝。

"这的确是个辛苦的工作，难道您这里没有自动发报装置吗？"

　　"当然有！"教授微笑着回答道。

　　距离第一次警报已经过去了 31 小时，飓风经过了圣克洛伊岛和圣托马斯岛。9 月 16 日，它又前往了波多黎各。随着它位置的改变，丽莎也一直在调整通话频率，为越来越远的地区做预报。最初的 17 号热带气旋中心的负压已经达到 949 毫巴，风速为 100 海里／时，又回到了大西洋的海面上。这一天快结束的时候，风速虽然升至了 121 海里／时，但是风眼处的气压却上升了 20 毫巴。又过了 10 小时，屏幕上的风眼已经有了解体的迹象。"玛丽莲" 死在了 9 月 21 日至 22 日之间的夜里。

　　回到纽瓦克机场之后，丽莎得知飓风所造成的伤亡人数仅为 8 人，其中 5 人来自圣托马斯岛，1 人来自圣克洛伊岛，1 人来自圣约翰岛，还有 1 人来自波多黎各。回到学校，她向地理老师提了一份申请，老师立刻就同意了。在接下来的 8 天里，全班同学都会在上课前起立，为死难者默哀 1 分钟。

Chapter 10

重逢

"‘最后一次登机机会’，你还记得吗？"

你 在哪里 *Où es-tu*

　　每个季度，丽莎都会收到国家飓风研究中心的新闻简报，还有艾伯特教授的一封信，教授将于当年的 7 月退休。她还和山姆有定期信件往来，去年冬天山姆还来到家里拜访。在蒙特克莱停留期间，他告诉丽莎中心的同事们都很关心她的近况。玛丽在 1997 年春天的《蒙特克莱时报》上发表了一篇文章，著名的《国家地理》杂志立即向她发来了邀请，希望她能在杂志的 10 月号上就此做一个专题报告。

　　玛丽为此忙碌了整整一个夏天，丽莎是她的好助手，帮助她做了许多的文献搜集工作，还撰写了很多总结报告。

　　每天，她们都会在早上赶往曼哈顿，晚上就会在毕加索餐厅的花园里吃点东西。后来，她们干脆就把自己关到了第五大道上的国家图书馆里面。托马斯和最好的朋友一起去了加拿大参加夏令营，菲利普则全身心地投入到了他们在纽约东区新买的公寓的装修工作中，丽莎曾经流露出想要来纽约大学念书的意思，这个公寓就是为她准备的，虽然菲利普并未挑明。玛丽在《国家地理》杂志上刊登的文章获得了不错的反响，《蒙特克莱时报》因此邀请她为报纸周日版的专栏供稿。丽莎按部就班地学习、生活着，还在学校里举办了个人画展。渐渐地，她可以允许自己不再关注气象问题了。

～❦～

在接下来的一年里，丽莎庆祝了自己的 19 岁生日；3 月 21 日的时候，托马斯也到了 15 岁。6 月是一个富有意义的月份。为了准备高中毕业舞会，玛丽带着丽莎在商店里足足选了 2 天衣服。史蒂芬来到家里接丽莎出门，菲利普正要说什么，玛丽却用一个吓人的眼神阻止了他，警告他不要唠唠叨叨，好像提早衰老了一样。史上第一次，丽莎直到第二天早上才回家。这个月，她拿到了高中文凭，即将开始大学阶段的学习。她成了一个迷人的年轻女性，她的嘴变得更性感，微笑也更加自然。长长的头发垂在她混血的肌肤上，这种惊人的美丽有时让她无法保持玛丽所说的"平衡状态"。丽莎已经不再是那个在风雨中来到家门口的小女孩，在她的身上，除了偶尔的一些眼神之外，已经完全找不到当年的影子。

随着丽莎毕业典礼的临近，玛丽却越来越担心。她一直记得 5 年前的那个约定，那个在机场酒吧里的承诺，这让她经常在梦中惊醒，虽然丽莎并没有表露出任何要离开家的意愿。

　　早餐的时候，托马斯是最后一个来到餐桌前的。丽莎已经吃完了她的煎饼，玛丽正在收拾厨房。菲利普则在屋外按着车喇叭，催促大家赶紧出发。在最后一个人还在系安全带的时候，引擎就启动了。其实家距离学校只有10分钟的车程，玛丽不明白菲利普为什么这么着急。在路上，他不时看着后视镜里的丽莎，女儿也反馈给了他几个眼神。玛丽试着把精力集中在看当天的安排上，可是效果并不是很好，在车里看东西让她有些头晕，于是她干脆放弃了。车停在了停车场里，所有的人都去向老师打招呼。在丽莎去找同学告别之前，玛丽安慰了她，告诉她人生中总是有分别的时刻。菲利普说服了玛丽和托马斯，让他们和自己一起坐在最靠近主席台的第一排位置，这样可以近距离地观看文凭授予仪式。玛丽挑了挑眉毛，敲了敲手表表盘。典礼在1小时后才举行，现在就考虑座位问题还是太早了，她还想在校园里走一走。

　　等到玛丽回来时，看到菲利普已经在第一排坐下了，为了占位，他在两边的椅子上各放了一只鞋。玛丽坐下来，把其中一只鞋还给了他。

　　"你还真是想象力丰富，竟然能想出这种占位的法子。你确定你还好吗？"

"接下来的仪式让我有些紧张，就是这样。"

"是丽莎要拿到文凭，而不是你，菲利普！要紧张也是当时等高中毕业会考成绩的时候比较紧张。"

"我不知道你是怎么可以保持平静的。你看，她已经在主席台上了，她要发言了！"

"菲利普，我们一个月之前就已经得到这个消息了，我求你了，你真的不用这么躁动！"

"我没有躁动！"

"当然有，你的椅子都在抖了。如果你想好好听女儿的发言，至少要保持一个正确的坐姿吧。"

托马斯打断了他们的谈话：在这个女孩子之后，就轮到丽莎发言了。菲利普整个人都紧绷了起来，但同时也非常骄傲，还特意转身去看一共有多少人参加了这次毕业典礼。会场上一共有 12 排椅子，每排有 30 个座位，所以一共有 360 位观众。

不知道是不是出于直觉，菲利普突然转了一次头。在会场的最后一排，有一个女人正看着走到话筒前的丽莎。

虽然她戴着眼镜，还有帽子，虽然她的脸上已经有了岁月的痕迹，可是菲利普还是一眼就认出来了：她是苏珊！

玛丽掐了一下他的大腿。

"除非你是见鬼了，如果你想亲眼见证你女儿的文凭授予仪式，最好不要再转头了，现在已经轮到她了！"

在丽莎感谢所有老师的时候，菲利普的左手都被冷汗湿透了，开始颤抖起来。等到丽莎开始感谢父母的爱和包容的时候，玛丽突然很想吃几个蛋饼。

她抬起了手，想拭去夺眶而出的泪水，于是就放开了菲利普的手。

"你到底怎么了？"玛丽问道。

"我觉得很感动。"

"你觉得我们是合格的父母吗？"她轻柔地问道。

菲利普调匀了自己的呼吸，可还是不由自主地又转了一次头。之前他以为看到了苏珊的那张椅子，现在已经空了。他又扫视了一遍观礼人群，可是没见到苏珊。丽莎已经在向所有人鞠躬致谢了，在玛丽的提醒下，菲利普连忙鼓起掌来。

他整个下午都有些魂不守舍。玛丽问了他不下 10 次，想要知道他到底在找什么；菲利普也回答了她不下 10 次，说因为情绪波动太大，他有些不舒服。他只是很温柔地道歉，玛丽觉得最好还是让他单独待一会儿，自己就去照顾丽莎和汤姆了。菲利普在学校的花园里闲逛起来，不时和遇到的熟人打招呼，但是他依旧没有看到苏珊。临近傍晚的时候，他已经怀疑自己看到的只是幻象。虽然连他自己都不敢肯定，但还是希望这是真的。已经下午 5 点了，一家四口一起走向停车场。走到车旁，菲利普先看到了车门处夹着一张折叠起来的白纸，这几乎让他停止了呼吸。他攥紧纸片，藏在手心里，好像要守住一个惊天的秘密。返程的路上，玛丽一句话都没有说。最后他把车停在了家门前，让其他人先进屋，说自己还要从后备厢取东西。

等到他真正一个人的时候，他打开了那张纸，里面写着"早上 7 点"。他把纸片放进了口袋，走进了家门。

晚饭的时候，丽莎不明白大家为什么都要如此沉默，只有玛丽偶尔会说几个很短的句子。还没有到吃甜点的时候，托马斯就说自己受不了这种"奇怪的气氛"，先回了房间。丽莎看看菲利普，又看看玛丽。

"你们两个人究竟是怎么了？就像在参加葬礼一样，你们吵架了？"

"没有，"玛丽说，"你爸爸只是有些累了。没有人能够一直保持精力充沛的状态。"

"我明天就要离开家了，走之前能体会到这种独特的气氛真是太好了。"丽莎继续说，"你们继续坐着吧。我去收拾行李了，然后去参加辛迪组织的聚会。"

"你的飞机明晚 6 点才出发，完全可以明天再收拾东西。不然你的衣服什么的都要皱了。"菲利普说。

"就是那些自然的褶皱才最性感了。那些熨得整整齐齐，没有一点褶皱的衣服，还是留给你们吧。我先上去了，你们好好待着吧。"

丽莎爬上了楼梯，走进了托马斯的房间。

"他们到底怎么了？"

"你觉得呢，丽莎？应该是因为明天你就要走了，已经一个星期了，妈妈一直坐立不安。前天她至少进了你的房间五次，一次是为了把你的窗帘拉好，一次是帮你整理书架上的书，还有一次她又把床单铺了一遍……我从走廊里经过的时候，看到她把你的枕头抱在怀里，差点要哭的样子！"

"但是我只是去加拿大2个月而已！等我真的要独自生活的时候他们要怎么办！"

"我也会想念你的，这个没有你的夏天一定很难熬。"

"亲爱的，我会给你写信的。明年夏天你可以和我来参加同一个夏令营，这样我们就能一起过夏天了。"

"好不容易过个暑假，我才不希望旁边有人替爸妈监视我呢！快去打包你的行李吧！"

5分钟过去了，菲利普还在刷同一个盘子。玛丽已经撤下了桌子上的餐具，看着菲利普刷盘子。她试着挑了挑眉毛，可是菲利普并没有反应。

"菲利普，我们要聊一聊吗？"

"玛丽，你不用担心，"菲利普像是没有听到玛丽之前的话，被吓了一跳，"丽莎在加拿大会过得很好的。"

"菲利普，我不是想跟你说这个。"

"那你想说什么？"

"想说你自从参加完丽莎的毕业典礼之后就有的这种奇怪的状态。"

菲利普把洗干净的盘子放在沥水架上，走到了玛丽身边，让她坐下来。

"玛丽，我想告诉你一件事情，一件我早就该告诉你的事情。"

玛丽看着他，脸上有一丝藏不住的焦虑。

"这种突如其来的坦白真让人惊恐。你要跟我说什么？"

菲利普直视玛丽的眼睛，用手拂着她的面颊。玛丽能看到他眼神中情绪的暗涌，但是菲利普一直没有开口，好像他想要说的话都被堵在了嗓子眼里，玛丽只好又问了一遍：

"你想跟我说什么？"

"玛丽，从丽莎来到我们生活中的那一天起，每天晚上看着你在我的身边醒来，每次和你的眼神交汇，每次握住你的手的时候，我都会意识到自己到底有多么爱你。你给了我那么多的力量，你的微笑，你的勇气，你的果断，都让我可以勇敢地面对生活中的困难。和你在一起的日子一天天地过去，我开始觉得有你陪伴的时光是上天给我的最棒的礼物。世界上有多少人能有爱一个人且同等地被爱的幸运？"

玛丽把头枕在了菲利普的胸膛上，想要聆听他的心跳，心中满是澎湃的幸福感，不知道该如何回应丈夫的话。

她用双臂搂住了丈夫的脖子：

"菲利普，你还是去吧，我不能去，我不应该去，你可以向她解释。"

"去哪里？"

"你知道的。丽莎长得很像她，我一眼就认出来了。我想她应该在那张纸上跟你定下了见面的时间。回家的时候，我看到你把纸条藏在手心里了。”

"我不会去的。"

"不，你一定要去，不是为了你自己，而是为了丽莎。"

稍后，他们回到了卧室里，聊了很长时间，谈到了彼此、托马斯和丽莎。

他们几乎没有睡着，第二天黎明就起来了。玛丽立刻下楼到了厨房里，快速地准备了一顿早饭。菲利普穿上了衣服，走进丽莎的房间。他来到女儿的床边，摸了摸她的脸颊，温柔地叫醒了她。她睁开了眼睛，对菲利普笑了一下。

"现在几点了？"

"该起床了，我亲爱的小公主。穿上衣服，我们在楼下等你。"

丽莎看了看闹钟，然后立刻就闭上了眼睛。

"爸爸，我的飞机要晚上6点才飞呢。我只是离开家2个月而已，你们俩能不能放轻松一点？能不能让我继续睡？我昨天晚上很晚才回家！"

"看来你要换个航班了。亲爱的，你得起床了，不要耽误时间，我们必须得抓紧。我在路上会跟你解释的！"

他在丽莎的额头上吻了一下，拿起了她放在桌子上的包，从房间里走了出去。丽莎揉了揉脸，坐起身来，套上了一条裤子，在肩膀上搭了一件衬衫，然后匆忙系上了鞋带。她很快就下了楼，眼睛里还满是睡意。菲利普正在房门前等她，告诉她自己会先把车开出来，然后就关上了门。

玛丽从厨房里走了出来，站在离丽莎几米远的地方。

"我准备了早饭，但是我想你们已经没有时间了。"

"究竟出什么事情了？"丽莎焦虑地问道，"为什么我们要这么早就出门？"

"爸爸会在车里跟你讲的。"

"但是……我甚至还没有跟托马斯说再见。"

"他还在睡觉呢，不要担心，我会替你跟他说的。你会给我写信的，对不对？"

"你们到底瞒了我什么事情？"

玛丽靠近了丽莎，把她紧紧地拥入怀中，紧到丽莎几乎无法呼吸。她在女儿的耳边说道：

"我不能继续坚守我的承诺了，但是我已经尽力了。"

"你在说什么？"

"丽莎，不管你以后要做什么，或者决定什么，不要忘记我有多么爱你。"

玛丽放开了丽莎，打开了房门，把她轻轻地推向了菲利普的方向。丽莎犹豫着，在原地站了几秒钟，看着玛丽，想知道她为什么这么难过。但是菲利普搂过了她的肩膀，让她上了车。

那是一个下雨的早晨。丽莎用一只手紧紧地抓住了菲利普的胳膊，用另一只手拿住了自己的书包，她觉得自己的包比往常更重了。

玛丽看着他们开车离去，在这片雾蒙蒙的雨中，时间都好像静止了。她好像又看到了小时候的丽莎，乱糟糟的头发垂在肩膀上，雨水打在她混血的皮肤上。他们慢慢地穿过了马路。玛丽站在屋檐下，突然想再说些什么，但是已经没有用了，车子已经远去。丽莎最后一次对她挥了挥手，就消失在了玛丽的视野中。

路上，菲利普没有回答丽莎的任何问题，因为他实在不知道该怎么回答。他们拐上了那条连接机场不同航站楼的路，然后减慢了车速。丽莎觉得既生气，又害怕，最后完全爆发了，她拒绝下车，除非菲利普告诉她为什么要匆忙把她带来机场。

"你们到底怎么了？我就是出去旅行一下，有让你们那么难受吗？爸爸，你能不能至少回答一下我的问题？"

"我把你放在航站楼的前面，然后我去停车场把车停好。"

"玛丽为什么不跟我们一起来？"

菲利普在人行道旁刹住了车。他看着自己的女儿，握住了她的手。

"丽莎，听我说，走到航站楼里之后，你就上右边那部扶梯，然后沿着走廊往前走，最后你就能看到一个酒吧……"

丽莎的脸上满是惊愕。从父亲的态度里，她突然感觉到有什么深藏已久的秘密要被揭开了。

"……进到酒吧里面，去靠近玻璃窗的那张桌子，有人在等你。"

丽莎的嘴唇都颤抖了，她开始抽泣起来，眼睛里瞬间蓄满了泪水，菲利普的眼眶也湿润了。

"你还记得那架红色的滑梯吗？"菲利普动情地说。

"爸爸，告诉我这一切都不是真的！"

还没有得到菲利普的回答，丽莎就把包背到了背上，走出了车子，用力撞上了车门。

❧

纽约纽瓦克国际机场。一辆车在人行通道旁边缓缓停下，随后又迅速地汇入机场航站楼周边汹涌的车潮中——这期间，从车上下来了一个女孩，她双眼含泪，目送着车辆重新发动，渐行渐远。在她脚下，放着一个巨大的绿色背包，看起来似乎比它的主人还要重。她把背包提了起来，努力背到了肩上。她穿过了通往一号航站楼的自动门，缓步走过机场大厅，又下了几级台阶。在她的右侧，有一个通往上层的旋转楼梯。虽然她的肩膀已经有些不堪重负，可她还是以坚定的步伐走上了楼梯，沿着前方的走廊一直向前。最后，她停在了一个玻璃窗的前面，定定地向里面看着：那是一家酒吧，里面充斥着橙黄色的光线。现在时间很早，吧台旁边一个人都没有。酒保的头上挂着一台电视，上面有各个体育比赛的总比分。女孩推开了酒吧沉重的木门，走了进去，看着那些红色和绿色的桌子。

就这样，她看到了苏珊，苏珊坐在最里面的桌子旁，桌面放着一份折起来的报纸。苏珊把下巴架在自己的右手上，左手在把玩脖子上的项坠。丽莎还看不到苏珊的眼睛，但是她能感觉到苏珊正在看玻璃窗下的飞机。苏珊转过身来，她紧紧咬住嘴唇，好像是在掩饰自己的情绪，怕自己喊出一句"天哪"；她站了起来。丽莎迟疑了一下，从大堂的左边绕了过去，就站在离苏珊几米远的地方。她们面对面站着，眼睛都红了，不知道谁该先开口，开口又该说些什么。苏珊看到了丽莎背的那个大包，和自己背的完全一样。她突然笑了：

"你真漂亮！"

丽莎却没有动，也没有说话，只是打量着自己的母亲，视线一刻都没有离开过她。她坐在椅子上，苏珊也缓缓地在对面坐下。她想摸一摸丽莎的脸，可是丽莎猛地向后退了一下。

"不要碰我！"

"丽莎，我是多么爱你，如果你能明白。"

"那你呢？你知不知道因为你的死，我做过多少个噩梦？"

"你至少要让我解释一下。"

"你对我做的所有事情，难道还有什么解释的余地吗？但是你能不能解释一下，你究竟对自己做了什么，才能让你如此彻底地忘记我？"

"我从来没有忘记过你，丽莎，这一切都不是因为你，都是我的错，都是因为我对你的爱。"

"对你来说，抛弃就等于爱吗？"

"丽莎，你在没有了解事实真相的情况下，没有权利评价我的所作所为。"

"难道你就有撒谎的权利吗？"

"丽莎，你至少要先听我跟你说！"

"那你有没有听过我说话？在我从噩梦中哭醒的时候，你听过我说什么吗？"

"是的，我想我听到过。"

"是吗？那你为什么不来找我？"

"因为一切都已经太晚了。"

"对你来说，已经太晚了？在母女之间，不存在'太晚'这种事情。"

"丽莎，现在所有的事情全部都取决于你。"

"妈妈已经死了！"

"求你了，不要再这样说了！"

"但是这句话对我来说却是意义重大，那是我到了美国之后说的第一句话。"

"如果你愿意的话，我可以走，但是不管你愿不愿意，我都始终爱着你……"

"今天，我不允许你对我说这些，只是随口说一说，也实在太容易了。'妈妈'，你可以说了，求你告诉我，是我搞错了，告诉我究竟是怎么误会你了。我希望你至少说得可信一点。"

"我们收到了一则热带风暴的警报，山区的情况对你这个年纪的女孩来说实在太危险了。你还记得吗？我曾经告诉你我差点死在一场暴雨里。所以我就把你托付给了在苏拉山山谷里的同事，好让你可以躲避危险。我不能把村里的人撇下。"

"但是你却可以撇下我！"

"但是你不是一个人！"

丽莎大叫了起来。

"是的，我当然是一个人！没有你，我就是个孤儿，就像在那些最可怕的梦境里，我总是哭喊着，因为我梦到了你的死亡。"

"我的孩子，我把你搂在怀里，我吻了吻你，然后就回到了山上。半夜的时候，罗纳尔多把我叫了起来，降水强度实在太大了，连房子都开始摇晃了。你还记得村长罗纳尔多·阿尔瓦勒吗？"

"我还记得雨后泥土的气息，记得每一棵树木的样子，记得每一栋房子门上的颜色，因为每一个记忆都是你在这个世界上留给我的最后的东西。你能明白吗？你能明白你的离开对我造成了多大的打击吗？"

"我们冒着大雨把村民带到了山顶上。迁徙的过程中，在黑暗的山路上，罗纳尔多因为失足滑下了山崖，我扑在地上拉住了他，脚踝都摔断了。我用手拉住了他的手，可是他对我来说实在太重了。"

"那我呢？是不是我对你来说也太重了？你到底能不能明白我有多么恨你？"

"在一道闪电的光芒中，我看到了罗纳尔多的笑容。'小姐，请你好好地照顾他们。我相信你。'这就是他最后留下的话。他松开了我的手，为了不把我一起拉下去。"

"你的阿尔瓦勒没有告诉你，让你也照顾好自己的女儿吗？有没有让你在为他人奉献的时候，也想一想自己？"

苏珊的声调一下子就提高了：

"丽莎，他就像我的父亲一样，我甚至恨不得替他去死！"

"你怎么能跟我说这样的话？我也很想你！你不能为了替自己还债，就把我牺牲掉！你告诉我，你到底为我做过什么？"

"清早的时候，我们之前走过的那条路都已经和整面山体一起滑到山谷里去了。我幸存了下来，但是整整两周，我都无法和外界取得联系。泥石流导致整个山区都被封锁了，政府并没有派人来救我们，只是默认我们已经死了。所以我就组织起了救援工作，我开始照顾伤员，帮助女人和小孩，让他们鼓足勇气活了下来。"

"但是你并没有想到在山谷里还有你的小女孩在等你。"

"等到我可以下山之后，就立即去找你了。我足足花了 5 天的时间才到了山谷。等到了营地的时候，你已经走了。我离开之前曾经给了拉塞瓦诊所的负责人托马斯的太太一些明确的指示。如果我真的出了什么事情，他们就会把你送到菲利普的身边。我当时就得知你已经被送到了特古西加尔巴，第二天就会飞往迈阿密。"

"既然还有一晚上的时间，你为什么不到特古西加尔巴来找我？"

"我去了！我立刻跳上了一辆车。在路上的时候，我冷静下来想了一下，想到这趟旅程对你的意义，想到它可能的终点。你会去一所房子里，那里没有飓风，你可以在一个真正的学校里学习，可以得到一个更好的未来。我再三考虑之后，终于为你做出了决定。在我不知情的情况下，你已经过上了另一种人生，没有死亡、孤独和痛苦的人生。"

"对我来说，最大的痛苦就是妈妈不在我的身边，在我需要她的时候她不能温柔地搂住我；至于孤独，你不明白没有你的最初几年里我是多么孤单；关于死亡，我最害怕的就是不再记得你的气味。每次下雨的时候，我都会偷偷溜出房子，就是想闻到那种熟悉的气息，我真的害怕自己不再记得你身上的味道。"

"丽莎，我让你离开我，去一个真正的家庭里生活。在城市里，你不会因为得了阑尾炎，却找不到医院做手术而死去，你用不着永远穿着不合身的衣服。在那里，你之前向我提过的所有问题都会得到答案，你不用再害怕半夜突如其来的大雨，而在我身边，一场暴雨就可能把你夺走。"

"但是你忘记了，我最大的恐惧是失去母亲。妈妈，我当时只有9岁！你知不知道我有多少次咬破了自己的舌头！"

"亲爱的，那是你的幸运，你只是失去了一个完全没有责任心的母亲。我从来都不是一个好的母亲，我也不懂得应该如何做母亲。"

"妈妈，爱我让你这么恐惧吗？"

"当时做出这个选择，我也很痛苦。"

"是为了我而痛苦，还是为了你而痛苦？"

苏珊往后退了一步，看着女儿的愤怒全部转化成了痛苦。所有涌进头脑中的雨水都变成了泪水。

"我为了我们两个人而痛苦。丽莎，你之后就会明白，当看到你容光焕发地站在主席台上，看着你穿着漂亮的衣服，看着你的家人们都坐在最前排看着你，我就明白了，对于我来说，幸福和痛苦不过是一对孪生姐妹罢了，我多年的纠结终于有了答案。"

"爸爸和妈妈知道你还活着吗？"

"不知道，直到昨天为止都不知道。我本来不应该来的，我已经没有权利再来，但是我还是每年都来这里，透过学校的铁栏杆看着你，哪怕只看几分钟也好。你从来都不知道，我其实已经偷偷地来过了。"

"但是我却没有知道你还活着的这个事实的权利，哪怕几秒钟也没有。妈妈，你为什么要选择这种人生？"

"丽莎，我并不后悔，这种人生固然艰难，但是我挺过来了，我很骄傲，你的人生会和我不一样。我犯了些错误，还好我最后有弥补的机会。"

那位来自墨西哥的酒保在苏珊面前放了一杯冰激凌，里面有两个香草味的冰激凌球，浇着巧克力酱，还有杏仁碎，最外面还盖着一层厚厚的焦糖。

"你进来之前我就点了这个。你应该尝尝这个，"苏珊说，"这是全世界最好吃的东西了。"

"我不饿。"

在航站楼的大厅门外，菲利普一直在走来走去。他实在太焦虑了，只好一会儿在人行道上来回踱步，一会儿在自动门旁边过来过去。他已经被雨淋湿了，却迟疑着不敢走上那部扶梯。

苏珊和丽莎终于平静了下来，不再争吵。她们开始回忆过去，想到当年的好时光，庆幸一切事情还没有太晚。苏珊又点了一份冰激凌，丽莎终于尝了尝。

"你想我和你一起回去吗？他们把我送来就是为了让我跟你走。"

"其实我要见的人是菲利普。"

"那你认为我应该做些什么？"

"就像我在你的这个年纪所做的一样：做出你自己的选择！"

"你想我吗？"

"每天都想。"

"你也想他吗？"

"那就是我自己的故事了。"

苏珊解下了脖子上的项链，把它递给了丽莎。

"这是给你的礼物。"

丽莎看着这个小小的圣牌，又把它放回了苏珊的手心里。

"这个项链是用来保佑你的，我生活在这里，我的家人会保护我的。"

"还是给你吧，如果你能收下的话，我会很高兴的。"

苏珊感受到了一种无可抵御的爱意，她站起身来，隔着桌子抱住了丽莎，在她的耳边说："我真为你骄傲。"丽莎的脸上露出了一丝略显尴尬的微笑。

"我有男朋友了。明年我们可能会搬到曼哈顿区，就在学校附近。"

"丽莎，不管你怎么选择，我都会永远爱你，用我的方式爱着你，虽然这不是身为母亲最合适的方式。"

丽莎把手放在了苏珊的手上，温柔地笑了起来，对自己的母亲说：

"你知道我的悖论是什么吗？也许我不是你的女儿，但你永远是我的妈妈。"

她们向彼此许下承诺，说以后至少会定期通信。天气好的时候，丽莎可以去洪都拉斯看望苏珊。接着，丽莎站起身来，绕过了桌子，抱住了苏珊。她把头放在了妈妈的肩膀上，闻着她身上的肥皂香气，一下子想起了许多童年时的回忆。

"我现在得走了，我要去加拿大。"丽莎说，"你要和我一起下去吗？"

"不了，他不想上楼，我想我们这样也很好。"

"你希望我替你跟他说些什么吗？"

"不用了。"苏珊回答道。

丽莎站起身来，走向了酒吧的大门。苏珊在身后叫住了她：

"你把项链忘在酒吧的桌子上了。"

丽莎转过身，对她笑了一下。

"不，我向你保证，我什么都没有忘，妈妈。"

酒吧的木门在她身后关上了。

时间一分一秒地流逝，菲利普再也无法保持冷静。一种恐慌感让他失去了最后的耐心，他终于踏上了那部手扶梯。才刚上到一半，他就看到丽莎从反方向的手扶梯下了楼，正好和他擦肩而过。

"是我在楼下等你还是你在楼上等我？"丽莎对他喊道。

"你别动了，还是我来找你吧。"

"不用了，还是我来找你吧。"

"好了，不要再争了，就在楼下见吧，就这么决定了！"

菲利普的心突然漏跳了几拍，他上到了扶梯的尽头，看到苏珊正站在他的面前。

"我是不是让你等了很久？"苏珊笑着问他，眼睛里满是感动。

"没有。"

"你已经到了有一会儿了？"

"我不知道。"

"菲利普，你老了。"

"你这么说还真是让人高兴，谢谢你！"

"不，我觉得你这样很好看。"

"你也是。"

"我知道，我也老了，这是无法抗拒的。"

"但是，丽莎是那么的美！"

"是的，你说得对。"

"在这里重逢，还真是一件奇怪的事情。"苏珊说。

菲利普往酒吧方向看了一眼。

"你是不是想……"

"不，我觉得这不是个好主意。那张桌子可能已经被人占了。"苏珊又露出了一个笑容。

"我们是怎么走到现在这一步的，苏珊？"

"丽莎也许会跟你讲的，也许不会！菲利普，对不起。"

"不，你一点也没有感到抱歉。"

"也许你说的是对的。但是说实话，我宁愿你昨天没有看到我。"

"就像在我的婚礼上一样？"

"你知道我去过了？"

"从你进入教堂的那一秒钟开始，我就在数你究竟走了多少步。"

"菲利普，我们对彼此从来都不撒谎的。"

"我知道的，只有一些理由，还有一些借口，当然，这二者之间并没有明显的界限。"

"上一次我们来这里的时候，你曾经问过我是不是有很重要的话要跟你说。我想说的是……我怀孕了……我有了丽莎……"

机场的广播又响起来了，苏珊没有说完那句话。

"然后呢？"菲利普追问道。

一个女声提醒乘客们前往迈阿密的航班马上就要停止登机了。

"这是我的飞机，"苏珊说，"'最后一次登机机会'，你还记得吗？"

菲利普闭上了眼睛。苏珊用手轻拂着他的脸颊。

"你笑起来还是像查理·布朗一样。快下去吧，去找丽莎，我知道你很想这样做。如果你继续站在我的面前，我就要误机了。"

"苏珊，好好照顾自己。"

"不要担心我，我在做自己喜欢的事情。快去吧！"

菲利普站在了电梯的第一级台阶上。苏珊最后一次叫住了他。

"菲利普？"

菲利普转过了头。

"苏珊？"

"谢谢！"

菲利普笑了。

"你要谢的不是我，而是玛丽。"

在他离开自己的视野之前，苏珊深吸了一口气，鼓起了自己的脸颊，给了菲利普一个飞吻，就像上一次分别的时候一样。

～ॐ～

在机场的大厅里，几个旅客惊讶地看到一个小女孩正站在扶梯下面，大张着双臂等待着一个全身湿透、正从电梯上下来的男人。这个场景像极了当时在那架红色滑梯旁发生的一切，只不过现在两个人的位置调换过来了。

菲利普抱住了丽莎。

"你怎么都湿透了？外面的雨有那么大吗？"

"外面刮飓风啦，你还有什么要说的？"

"我的飞机要晚上才出发呢。快点带我回家吧。"

苏珊站在机场的上一层，看着他们走出了航站楼，眼睛里满是柔情。

菲利普用车上的电话拨下了家里的号码，玛丽立刻接了起来。

"她和我在一起呢，我们这就回家，我爱你。"

❧

10 月 22 日，山姆告知国家飓风研究中心的新任负责人，一个全新的热带气旋正在加勒比海上生成。4 天之后，在显示屏上，SSS 标识后面的数字变成了醒目的 5。

这是 20 世纪以来最大的飓风，中心直径达到了 280 公里，风速为 280 公里 / 时，移动方向为中美洲。

苏珊已经回洪都拉斯 4 个月了。托马斯进了高中，丽莎和史蒂芬开始了他们的大学生活。丽莎搬进了那套曼哈顿的小公寓里。玛丽和菲利普开始讨论，是不是要离开蒙特克莱，重新住到纽约去。

飓风"米奇"在傍晚时分登陆洪都拉斯的沿海地区。一夜之间，整个国家三分之二的地区都被摧毁，有 1.44 万人因此丧生……

同一个夜里，在离这里几千公里的地方，也就是"世界的另一头"，机场的那家酒吧里，一位来自墨西哥的酒保马上要结束一天的工作，他手里正擦着今天的最后一个杯子。

（全文完）

致
谢

　　感谢贝尔纳·巴罗、卡梅尔·博卡纳、纪尧姆·卡连那、保琳娜·杰纳、菲利普·杰茨、卡特琳·罗达普、丽莎·列维、艾米丽·列维、达尼埃尔·列维、雷蒙·列维、罗琳·列维、罗斯林娜、珍妮·里克斯、柯莱特·贝利埃、阿琳娜·苏利埃、苏珊娜·雷阿和安托瓦·阿德利安，谢谢你们的陪伴和支持。

　　感谢丹妮·于克，感谢纽约警察局的卢卡斯·米勒探长，感谢飓风监测中心的所有工作人员，谢谢各位为我在材料搜寻方面所提供的帮助。

您可以在以下网站搜寻到所有关于马克·李维的消息

www.marclevy.info

图书在版编目（CIP）数据

你在哪里？ /（法）马克·李维（Marc Levy）著；章文译.
—长沙：湖南文艺出版社，2017.12
ISBN 978-7-5404-8350-0

Ⅰ.①你… Ⅱ.①马…②章… Ⅲ.①长篇小说—法国—现代 Ⅳ.①I565.45

中国版本图书馆CIP数据核字（2017）第253080号

著作权合同登记号：图字18-2017-126

OÙ ES-TU? by Marc Levy
Copyright©2001 Editions Robert Laffont / Susanna Lea Associates
Published by arrangement with Susanna Lea Associates through Bardon-Chinese Media Agency.
Simplified Chinese translation copyright © 2017 by China South Booky Culture Media co., Ltd.
ALL RIGHTS RESERVED

上架建议：畅销·外国文学

NI ZAI NALI?
你在哪里？

著　　者：[法]马克·李维
译　　者：章　文
出 版 人：曾赛丰
责任编辑：薛　健　刘诗哲
监　　制：蔡明菲　邢越超
策划编辑：马冬冬　文雅茜
特约编辑：文雅茜
版权支持：辛　艳
营销支持：张锦涵　李　群　姚长杰
版式设计：李　洁
封面设计：利　锐
出版发行：湖南文艺出版社
　　　　　（长沙市雨花区东二环一段508号　邮编：410014）
网　　址：www.hnwy.net
印　　刷：北京嘉业印刷厂
经　　销：新华书店
开　　本：880mm×1230mm　1/32
字　　数：126千字
印　　张：8.75
版　　次：2017年12月第1版
印　　次：2017年12月第1次印刷
书　　号：ISBN 978-7-5404-8350-0
定　　价：42.00元

质量监督电话：010-59096394
团购电话：010-59320018